ライオンを抱いて

剛しいら

HYPER H

九月に入って、陽はわずか優しくなった。庭の紅葉のまだ青々とした葉に、たっぷりと朝の陽光が降り注いでいる。土中で眠りすぎたのか今頃生まれた蝉が、朝日を浴びて慌てたようにいっせいにミンミンと鳴き出した。

綺麗な三毛猫が、使命をすでに終え飛ぶ力もなくなった蝉を見つけて、前足でそそと構っている。赤いベルベットの首輪を巻かれた猫は、愛くるしい外見に似合わない酷薄さで、蝉をいたぶってては遊んでいた。

「みー。可哀相だよ。その辺でやめなさい」

和倉葉志宣《わくらばしのぶ》は、縁側のガラス戸を開いて猫を叱った。猫はちらっと志宣を見たが、すぐにまた蝉を構うことに戻る。

「食べる気もないのにいじめるんじゃない。おいで。御飯だよ」

志宣は波の模様も色褪せた浴衣の襟元を合わせて、沓脱石《くつぬぎいし》に置かれた下駄をつっかけ庭先に降り立った。ひょいっと猫を掴み上げると、まだ未練がありそうな顔を自分の胸元に抱き寄せて、よしよしと優しく撫でてやった。

「ぼっちゃま。朝食の支度出来ておりますよ」

志宣の生まれる前からいる家政婦は、まだ浴衣姿の志宣を見て眉を顰《ひそ》めた。

「お急ぎになりませんと」

「うん、わかってるよ。みー、いいか。蝉の地上での命は短いんだ。せめて安らかに死なせてあげよう。そう思わないか」

「ぼっちゃま。みーにいくら説教しても無駄でございますよ。早く、お食事を済ませてくださいましな」

「わかった」

言われて志宣は、猫を床に降ろした。

木々に囲まれた家は、都会にあると思えないほど静かだ。和風の佇まいながらキッチンとリビングは洋風で、ダイニングテーブルにはすでに朝食の和風膳が用意されていた。

「お早うございます」

志宣は笑顔で先に来て待っていた母に声をかける。小柄な婦人は三十に近い息子の姿を見ると、まるで恋人でも見るように頬を染めた。

「しのさん。みーに朝からお説教ですの」

「ええ。蝉をいじめてばかりいるから」

「猫は養いが楽だけど、どうしても野生が抜けないものなのね」

二人は広いテーブルで、向きあって箸を取る。テーブルの上には庭で摘んだ小菊が、洒落た九谷の花瓶に飾られていた。

やけに静かなのは、つい先日まで縁先に吊されていた風鈴が片づけられたせいだと志宣は気がつく。また夏が一つ、終わったのだ。

志宣の家は、広大な敷地を持つ和倉葉の本家の片隅に、ひっそりと建っている。同じ敷地内でも玄関は別で、本家の人間がここを訪れることはほとんどない。

本家にはかなり高齢な父と、母親違いの兄夫婦とその子供達が住んでいる。兄といっても母とたいして年も違わず、二人の甥は志宣にとっては兄弟のような年齢だった。

実業家でやり手の父は、秘書として雇った大学を卒業したばかりの世間知らずの娘に手を出し、あげく妊娠までさせた。男の子一人しかいなかった父は、もう一人子供がどうしても欲しかったのだろう。母は愛人という立場のままで志宣を出産し、高台にある本家の下に位置する別宅に、志宣達親子は迎え入れられたのだ。

その後数年して本妻が亡くなった。志宣の母は正式な妻になったが、本家に移ることを拒み、そのままここにひっそりと暮らし続けている。

裕福な父のお陰で、志宣は生まれて二十八年間、一度も不自由な思いをしたことがない。志望した大学を卒業後、アジアの言語と商習慣を学ぶ目的で、二年間香港に留学もした。

当然そのまま父の傘下の企業に就職すると思われたのだが。

「しのさん。警察のお仕事は大変でしょう。そろそろお父様の会社に入られたらいかが」

食の細い母は、小さな茶碗によそわれた少しの御飯をどうにか食べている。

ほっそりとした手足をしていて小柄な母は、若い時は人形のように愛らしい女性だった。まともな恋も知らないまま、親子ほど年の違う男の愛人になり、そのまま妻の座についた母は、自分に面差しの似た優しい息子を溺愛していた。

そのためいつも息子の心配ばかりしている。それしか彼女に生き甲斐はないかのようだ。

志宣は男にしては綺麗すぎる顔を曇らせる。

思い出したように交わされる会話だ。けれど結論はいつも決まっていた。

「お父様の会社にいくつもりはありませんよ。私がいかなくても、一成《かずなり》と仁成《ひとなり》が立派に継いでくれるでしょうから」

まだ大学生の二人の甥のことを、志宣は逃げに使う。彼らが幕末から続く和倉葉の家を継ぐだけの人材だとはとても思えないが、そう言えば母も黙るしかなかった。

「だからといって、何も警察官なんて危ないお仕事をなさることないのに。お父様の口利きがあれば、外務省だって無理ではなかったでしょう」

ほっとため息をつきながら、母は食事の最後のほうじ茶を口にした。

足下では猫が、年代物の塗りの椀にいれられた、魚の解し身と御飯を混ぜたものをぴちゃぴちゃと食べている。広大な和倉葉の家の庭先には、よく誰かが猫を捨てていった。ほとんどは志宣の知らないうちに処分されてしまったが、この猫だけは志宣が直に拾った。

いつまでたっても大きくならない綺麗な三毛猫で、広い家と贅沢な食事をあてがわれ、満足そうに暮らしている。猫はそれだけで幸せだが、人間はもっと複雑だ。美しい親子は、広い家と贅沢な食事だけでは幸せになれない。

飼われているだけでは、幸せにはなれないのだ。

「留学までしたのに…あのお給料じゃねぇ。お嫁さんももらえないわねぇ」

「そんなことはありません。普通の人達はあれで家族を充分に養えるんですよ。お母さんも、少し金銭感覚がおかしいんです」

志宣はさりげなく抗議した。

本当はこの家を出て、完全に一人になって自立したい。だが志宣しか生き甲斐のないような母を置いて、一人暮らしのマンションに越すことなど不可能だろう。

「あまり贅沢を言わないお嫁さんだといいわねぇ」

それとなく母は志宣の結婚を匂わせる。

だが志宣が結婚などしたら、母が一番落ち込むのを志宣自身が一番よくわかっていた。

「仕事もまだ半人前なのに、結婚なんて当分出来ないですよ」

志宣の言葉に母は困ったような顔をしてみせるが、内心ほっとしているのが感じられた。

食事を済ませると、自室に戻ってスーツに着替えた。几帳面な志宣は、皺一つないシャツとスーツをきちんと着込み、ネクタイもかっちりと締める。

夏物の薄手のスーツは、貰っている給料の一ヶ月分の値段はする。物を買い与えることが愛情だと信じる父親は、志宣が安物のスーツ姿で仕事にいくことを許さない。そのお陰で仕事場である警視庁御茶の水署では、一人だけ浮いた存在になっていた。

しかも通勤用の車は、国産車でも決して安いとは言えないクラウンのマジェスタだ。紺色のクラウンは二十八才の志宣が乗るには落ち着き過ぎているし、警部補の身分で乗るには高級過ぎた。陰でいろいろ言われているのだろう。けれど生来おっとりしている性格の志宣は、何を言われても気にしない。いい仕事をしたいと思っているだけだ。

「いってまいります」

玄関で見送る母に挨拶すると、志宣は新車のように綺麗な車に乗り込み家を出る。

庭先では蝉の声が激しくなっていた。

志宣の仕事は、御茶の水署の刑事一課勤務の警部補だ。管轄内に広大な庭園と遊園地、それにドーム型球場を持つ日本園があるので、訪れる観光客も多い。アジアの言語、数カ国語を話せる志宣はそのせいで署内で重用されていた。

だが刑事として高く評価されているわけではない。あくまでも通訳としてだ。警視庁にももちろん各国語に対処出来る職員はいるが、取り調べや事情聴取に一々職員を借り出すより、刑事である志宣が直に対処した方が早い。そういった意味で重用されているだけだ。

仕事場で志宣がコンビを組んでいるのは、もうすぐ定年を迎える相沢《あいざわ》警部だ。いるのだかいないのだかわからないほど存在感の薄い相沢は、まず午前中はデスクで報告書を書く。事件に追われている連中だったら五分で済ませるような報告書に、午前中のすべての時間を使うのだ。

二人が担当している事件が、そんなにたくさんあるわけではない。志宣に回されるのは東南アジア系の窃盗犯や、逆に日本に来て被害にあった、アジア系の観光客の訴えを聞くなどの仕事ばかりだ。日本語以外ほとんど喋れない相沢のすることといったら、志宣の通訳した内容を報告書に書くくらいしかないのだろう。

「猫の毛、ついてるよ」

ちまちまと報告書を書いていた相沢は、志宣のスーツについた猫の毛を指先でつまみ上げ、ふっと吹き飛ばした。

「相沢さん。ゲームセンターを襲った東南アジア系の強盗犯。聞き込みに回りましょうか」

志宣は提案した。

「聞き込み？　無駄、無駄。情報提供者がそのうち現れるよ。金を手に出来なかったやつが、悔し紛れにたれ込みしてくるって」

「しかし…待っているだけでは…」

相沢ののらりくらりとした態度に、志宣はいつも苛立ちを覚えた。大先輩なのだから、現地での聞き込み方法など参考になることも多いだろうと、一緒に出かけたいと思ってもはぐらかされるばかりだ。

刑事になりたいと思ったのは、有意義に思える仕事をしたかったからだ。父に飼われているような生活では、生きていても社会に対して何の役にも立たない。かといって父の会社に就職しても、巨大に膨れあがった組織の中では、志宣に与えられるのはせいぜい会長の息子に相応しい飾り物のポストだろう。

だったらいっそ社会的にも意義のある仕事を。

そう理想に燃えて警察を受けたのに、していることはほとんど通訳ばかりだ。

相沢は定年まで無事に勤め上げることばかりを考えていて、地道に足を使って捜査するなんて、他の刑事がやっているようなことすらしたがらない。クーラーの効いた署内で、一日のんびりとデスクに張り付いている。電話番とメモ係なんて陰では言われているのに、気にする様子もまったくない。

「まだ外は暑いだろう。年のせいかねぇ。炎天下に歩くのはつらくて…」

さらに相沢は、体力がないとすぐに逃げた。

こうなったら一人ででも出かけるしかない。そう思った志宣が席を立とうとしたら、デスクの電話が鳴った。

「はい、刑事課ですが…」

電話番と言われるだけのことはある。相沢はにこやかに電話を取った。

「は…はぁ、私と和倉葉君ですか。はい…今から…はい、伺います」

電話を置いた相沢の顔は不愉快そうだ。志宣は立ち上がり、次の言葉を待った。

「和倉葉君…君、何かしたか？」

「…何かと言いますと？」

「署長室にいきなり呼ばれたよ」

「署長室？」

呼ばれたら素直に行くだけだ。志宣は相沢が立ちあがるのを待った。

相沢が怪訝な顔をするのも無理はない。署長室にいきなり呼ばれるなんて、そうあることではないからだ。しきりに相沢は自分達のした不始末ばかり思い出そうとしているが、志宣には何も疚《やま》しいことはない。

いつだってベストを尽くして仕事をしている。そう思って、顔色一つ変えずに署長室のドアを叩いた。

　中には署長と副署長、それに見慣れぬスーツ姿の男がいた。三人は黒革の応接セットに座ってゆったりと構えている。示された席に二人が座ると、緊張した雰囲気が流れた。

「本庁公安部の葉山《はやま》次長だ」

　署長にいきなり紹介されて、相沢は卑屈過ぎるくらい卑屈に頭を下げる。志宣は丁寧に頭を下げただけだった。

「和倉葉君。悪いが君のことは調査させて貰った。お父さんは和倉グループの会長。お兄さんが代表取締役だってね」

　葉山は相沢のことなど無視して、いきなり志宣に向かって言った。

「そうですが…」

「そんな財閥のぼっちゃんが、何で警察に勤めてるの。紹介者が現警視総監じゃな。人事部も口を挟めなかっただろうが、自分のところの企業に有利な情報でも仕入れるつもりなのか」

　相沢と同じような年頃だが、はるかに目つきも鋭く気迫に満ちた葉山は、いい加減な嘘なんて言わせないぞというように志宣を睨み付ける。

「調査されたのならご存じかと思いますが、父と母は特別な関係だったので、兄の心証を配慮して和倉グループへの就職は断念いたしました。少しでも社会的に有意義な仕事をと思って警察を志しましたが、何かまずいことでもありましたでしょうか」

家の話をいきなり出されるとは思ってもいなかった。志宣は葉山の口から、恐ろしい内容を聞かされる覚悟を決めた。

もしかしたら兄が、政治家の汚職事件にでも絡んだのだろうか。

「まずいことは何もないよ。君の勤務評定はとてもいい。英語に中国語、それに韓国語まで習熟してるんだってな。本庁でも語学に堪能な職員は足りていない状態だ。移動願いを出してくれたら、即時対応してあげてもいい」

顔つきはいかめしいのに、葉山の口調だけは非常に友好的だ。

完全に無視された形の相沢は、何で自分まで呼ばれたのかとさかんに二人を見比べていた。

「いえ…私は刑事部が元々希望でして。本日呼ばれたのは、移動のお誘いでしょうか」

志宣もそんなことで呼び出したのかと、怪訝そうな顔になる。

「まぁ、移動は君の意志次第だ。御茶の水署としても、優秀な捜査員を引き抜かれたら困るだろうしな」

葉山はそこで署長を振り返り、どうするといったようにその顔を見た。

署長は話を進めたがっているようだ。それとなく地図を取り出して、二人の前のテーブルに大きく広げた。

「これからの話は、部外秘でお願いするよ。他の署員に気付かれることなく、君らには秘密の交渉に当たってもらいたい」

「私達がですか」

相沢は途端にうろたえた。

「相沢警部は勤務も長いベテランだし、和倉葉警部補は実家があれだから信用出来る。そういった理由から、ぜひ君らに頼みたい」

「しかしそんな大変な仕事を…」

勤続年数は長いが、大きな事件といっても殺人事件や強盗しか担当したことのない相沢だ。いきなり秘密の交渉と言われて驚いたのだろう。

「どのような内容でしょうか」

年下の志宣の方がずっと落ち着いている。署長と黙って煙草を吸っているだけの副署長、それに葉山を均等に見回しながら、志宣は次の言葉を待った。

「二週間後に日本ドームで、大がかりなコンサートが開かれるのは知ってるな?」

「はい…」

署長の言葉に合わせるように副署長はファイルされた中から、コンサートのチラシを二人の前に差し出した。チケットの売り上げの一部を、テロ事件の被害者に寄付すると大々的に宣伝されている。ずらっと並んだ出演者は、志宣も知っている大物ばかりだった。

「アメリカ、イギリス、韓国に台湾、それに日本の大物タレントが出るコンサートの主催者に、金銭目的の脅迫状が届いた。払わない場合はコンサートを妨害するつもりらしい」

「あの…そういった事件は、警備部の管轄では」

相沢は弱々しく抗議する。

「もちろん警備部でも、公安部でも捜査に乗り出している。君らに頼みたいのは、日本ドームの興行に絡んでるやくざとの協力交渉だ」

「やくざ…」

相沢の顔色が途端に青ざめた。

「どうして…そんなことを私達が…」

「今回の事件ではやつらにも協力してもらいたいが、それを楯に今後も付きまとわれては困る。和倉葉警部補は金銭で釣られるような人間ではないし、相沢警部は次年度退職だ。彼らと変に癒着《ゆちゃく》される心配はないからな。相沢警部は退職後の再就職先は、もう決定してるのかね」

それとなく署長は、相沢にもおいしい餌を示した。

志宣には警視庁の通訳技術職。相沢には天下りの末端に加えてやると示して、厄介な仕事をさせようとしているのだ。

「暴力団関係でしたら、すでに独自のルートを築かれてる先輩がいると思いますが」

志宣は冷静に思ったことを口にした。

「暴力団関係者とうまく付き合うのには、何年もの信頼関係が必要だとうかがいました。私のような新人には、まだ何も」

「何もなくていいんだ。なぜならこれまでこの辺りを仕切っていた組長が死んで、後を引き継いだというか、縄張りを奪い取ったやつもやくざもんとしちゃ新人だから」

「新人…」

やくざにも新人がいるなんて志宣は知らない。やくざ関連の仕事を任されたこともなかったので、知識も何もなかった。

「宍戸《しし ど》 将英《しょうえい》…新しいスタイルのやくざもんなんだろう。表向きは堂々と実業家のふりして、ドーム内で販売しているグッズや弁当なんかを扱っている。正体が未だに不明で、調査が追いついていないのが現状なんだ」

署長は困ったもんだといった顔をしてみせる。

するとすかさず葉山は、志宣に向かって言った。

「どうやらやつはアジア系の集団と関連があるんじゃないかと、我々は睨んでるんだがね。君の語学力があれば、それとなく探りを入れるのにも便利じゃないか」

「……」

「脅迫状の発信先は香港だった。もしかしたらやつも、今回の事件に一枚かんでるんじゃないか」

葉山は近年増加傾向にある、外国人犯罪の実態についての報告書を取り出した。

三人掛かりでの説得が始まった。こうなったら断ることは難しい。そうでなくても警察官は上司の命令には絶対服従だ。退職覚悟でなければ、刃向かうなんて出来るわけがない。

やれと言われたら、はい。それが仕事なのだ。

指定された日にちまで二週間。主催者側はあくまでも、脅しに対して言いなりになるつもりはないらしい。要求金額が大きすぎるのも原因だ。

未然に防げればいいが、万が一相手がとんでもない妨害工作を仕掛けたら、会場の日本ドームは大パニックに陥るだろう。その危険性があってもすぐに中止に出来ないのは、脅すだけが目的の愉快犯の可能性もあるからだ。

警察内部にもしかしたらマスコミへの情報提供者がいるかもしれないと言われて、二人だけでの秘密行動が義務づけられた。

話が終わり、署長室を出た途端、相沢は憎々しげに志宣に言った。

「若造のくせに、クラウンなんか乗り回しているからだ」

「はっ…?」

「金持ちだって見せびらかしているから、署長に睨まれたんだよ。署長だってこの間やっとセルシオに買い換えたんだぞ。あれできっと心証を悪くしてたんだよ」

「あの…」

「親が金持ちなら、食わせて貰えばいいじゃないか。生意気に警察官でもやってみようかなんて顔してるから、署長に狙われたんだよ。そのせいで俺までいい迷惑だ」

「そんな理由で選ばれたのではないと思いますが…」

「どんな理由でも、俺はこんな仕事なんざお断りだ。やくざになんか顔を覚えられてみろ。一生脅かされることになるんだぞ」

相沢はさらにぐちぐちと自分の不幸を嘆く。

志宣はため息をついて、薄くなった相沢の後頭部を見下ろしていた。

「相沢さん。日本ドームは庶民の娯楽を提供する場所として、長い間国民に愛されているんですよ。そこを守るのも我々の義務じゃないですか」

何とかやる気になってくれないものかと、志宣は穏やかに話しかけてみたが、何の効果もないようだ。

「だからどうだってんだ。俺は日本ドームに招待されたこともないよ。定年まで一年だってのに、いいように使い捨てにするつもりなんだろうなぁ。殉職《じゅんしょく》なんざごめんだ。いい思いするのは女房ばっかりじゃないか」

ぶつぶつと相沢は愚痴り続ける。ついに志宣も耐えきれなくなって、言わなくてもいいことを口にしてしまった。

「いいですよ、相沢さん。私が…すべて一人で動きますから」

やくざ相手に一人で交渉。

その難しさを、志宣はまだ何もわかっていなかったのだ。

『株式会社・ダンディライオン・代表取締役・完戸将英』。

その名刺を手に、志宣は日本ドームの近くに位置するその会社を訪れていた。

表向きは普通の会社と変わらない。だが中に入ると受付などはなくて、いきなり雑然とした感じの事務所になっていた。

「すいません。完戸さんにお会いしたいんですが」

ちょっとした企業だったら、洒落たブースを入り口に設けてあって、そこに若くて可愛い受付嬢がいるものだ。そしてアポイントメントは頂戴いたしておりますでしょうかなどと、爽やかな笑顔で聞いてくる。

なのにこの会社では、入り口近くのデスクでせっせと事務仕事をしている、若いのかもうおばさんなのかわからないような女性に、直に聞くしかないようだ。

「あの完戸さんは」

重ねて志宣は聞いた。ようやっと振り向いた彼女は、志宣の頭の先から足先までをじろっと見つめてから、歯並びの悪い口元を開いてにやっと笑った。

「完戸さんって社長のことでしょう。社長がこんなとこにいるはずないじゃん。ここは事務所よ、事務所。オフィスなんて洒落たとこじゃないんだから」

「それでは、完戸社長のオフィスはどちらになるんでしょうか。いただいた名刺に書かれてる住所はこちらになっていたので」

「あんたどこの営業？　事務員が社長の居場所なんて知ってると思う？」

志宣は美しい顔を曇らせる。

どうもここは、志宣が抱いている企業のイメージとは大きくかけ離れた世界らしい。下町の中小企業を思い浮かべてみたが、もう少しどこでも愛想はよかったように思う。

「それではどなたにお尋ねしたらよろしいでしょうか」

「さぁ…」

「……」

事務員には何も知らされていないのだろうか。志宣はごちゃごちゃとした事務所の中を見回し、少しは話のわかりそうな人物を目で探したが、デスクに向かっているのは女性ばかりだ。

本人は組の事務所か自宅にいるのだろうか。っても何もなく、いきなりやくざの組長クラスに会おうとするなんて、無謀だったと志宣は反省していた。

「困ったな…」

「待ってて。今、所長に聞いてあげるから」

気の毒に思ってくれたのだろう。事務員はちらっと奥の扉を見て言った。

「そうだ、名刺出してよ。どこの会社か分からないと話にもならないでしょ」

「あっ…はい。失礼しました」

志宣は『警視庁・御茶の水署・刑事部捜査一課・警部補・和倉葉志宣』と書かれた名刺を差し出し

た。

「…やだ。警察の人なの。それならそうって早く言ってよ」

乱れた髪に手をいれながら、よっこいしょと言って立ちあがった彼女は、デスクを離れて奥の扉に消えた。待つ間にさりげなく志宣は、彼女の書きかけの伝票を見る。日本ドーム内の売店に納入される、グッズや土産物の伝票だった。

次に彼女が現れた時、その背後には数人の男達がいた。スーツを着てはいるが、どうみても堅気には見えない。崩れた印象のする男達だ。

「あんたが警察官?」

一番年長の頬に傷跡のある男が、じろじろと志宣を見ながら言った。

「はい…御茶の水署の和倉葉と申しますが」

「…仕事間違えてねぇか。ホストでもやれよ。せっかくいい男なのにさ」

その言葉に背後にいた男達がいっせいに笑い出す。

普通の男だったら、ここでひやっと冷たいものを感じて萎縮するのだろう。だが志宣は違っていた。

おぼっちゃん育ちなので、元々あまり怖いということを知らない。よく言えば可愛がられた家猫のようで、人を疑うとか恐れるというところが欠けていた。

運が強いのか、香港に留学していた時も、危ない目に遭うことはほとんどなかった。警察に入ってからも通訳として活躍するばかりで、現場で命の危険にさらされたこともない。

やくざに対しての偏見も育っていないから、彼らがどんなにすごんで見せても、穏やかに微笑んでいるばかりだった。

「で、社長にどんな用事なの？」

「お会いして直接お話ししたいのですが。アポイントメントを取らないといけないようでしたら、後日出直してまいりますが」

「アポイントメントときたか。ほんとに警察かよ」

男達はまた約束のようにあざ笑う。

志宣は困った時の癖で、小首をわずか傾けてみせた。

そんな姿をすると、自分がどんなに美しく見えるか、志宣は自覚がない。屈強な男達も、何だか見てはいけないようなものを見てしまったように、視線を思わず宙に逸らしていた。

「まいったな。そこでじっとしてな。今、社長に連絡してみるが、会うかどうかはわからないぜ」

男はいきなり志宣に携帯電話を向けると、その顔を素早く撮影して相手に送っていた。

「ああ、社長。今送った画像のやつ。刑事だなんてふざけたこと言ってますが…」

携帯電話を手に、男はぼそぼそと喋っている。事務仕事を再開した彼女は、志宣を見上げてにやにやと笑いながら言った。

「刑事さん、独身？」

「はい、そうですが」

「悪い女に引っかかる気はない？」

志宣はまた小首をわずか傾ける。悪い女というのは彼女のことなのだろうか。どう考えても、彼女に引っかかる気にはなれなかった。

「社長も物好きだなぁ。顔見たら途端に、こんな美人ならって会う気になったとよ。女じゃないって何度も言ったのによ」

携帯電話を折り畳んでポケットにしまうと、男はさっさと歩き出す。

「刑事さん。何ぼうっとしてんだよ。うちの社長は気が短いからよ。五分も待たせると、マジで血管ぶち切れるぜ」

「そうなんですか」

志宣は思わず微笑んでしまう。

第一関門は突破出来た。それだけで志宣は満足していた。

気の短い男、完戸とはどんな人物なのだろう。父のような壮年の男を想像した志宣は、丁寧に話せばきっと事情を理解してくれ、協力もしてくれるだろうと軽く考えていた。

その家のことは以前から知っていた。近くで窃盗事件があった時にそばを通りかかって、広い家だなと興味を持ったのだ。

都内だというのに鬱蒼と茂る樹木に囲まれていて、内部の様子は外からでは窺えない。灰色の大きな邸宅があるのは外からでもどうにか見えるが、実際の広さは中に入らないとわからなかった。

二台の車に前後を挟まれる形で、門から邸内に自分の車で乗り入れた志宣は、思ったよりも内部が広いのに驚きながらも、庭師の手入れの仕方がいいかげんだなどと余計なことを考えてしまう。木々の枝が密生していて、見通しが悪いのだ。

来客用の駐車場には何台もの車が停車出来るスペースはあるが、他の車は一台もなかった。案内してきた男達に導かれて、志宣は巨大な家の入り口に立つ。建物は灰色の凝った外壁に囲まれているせいか、住居というより病院か小ホールのように見えた。

広さだけなら和倉葉の本家も負けてはいない。そのせいで変に威圧感を覚えることもなかった。

父はよく成金と言っては趣味の悪い人間をけなす。志宣にはそこまで言うつもりはないが、同じように金をかけるのならうまく使えばいいのにとは思ってしまう。

この家もそうだった。確かに金はかけているが、どこか雑然としている。それとも住んでいる住人が無頓着なのだろうか。

「ここからは俺達は入れない。刑事さん、せいぜい気をつけな」

謎の言葉を残して、男達は玄関先まで志宣を送ると、さっさと車に戻ってしまった。

玄関の中には、黒い巨大な影があった。よく見ると人だ。ヘビー級のボクサー並みの体格をした黒人が、志宣を見て無表情のままカモンと小さく呟く。

玄関ホールは大理石が敷き詰められていてかなり広く、巨大な黒っぽい花活けがどんと置かれている。だが、そこに花は飾られていない。掃除は行き届いていて埃一つ、泥足の足跡一つないが、色彩のない灰色の玄関は会社のエントランスのようだった。

ここではまだ靴を脱ぐ必要はないようだ。それとも西欧の住宅のように、室内でも靴を履いたままでいられるようにしているのだろう。

鼻歌を歌いつつ、踊るような足取りで歩く大男の後を、志宣は黙ってついていった。

内部もやはり色彩が乏しい。床はグレーの人工大理石。壁は白の布張りだ。

建物の外周に作られた廊下の片側は、すべてガラス窓になっている。厚手のロールアップスクリーンでその先の視界を隠されていた。外には何があるのだろう。見えないと余計に好奇心をそそられる。

「ヘイ、ボスッ」

黒人は一枚の分厚い金属製のドアを開くと、中に向かって声を掛ける。すると許可が出たのか、こっちに来いと再び志宣は手招きされた。

ドアは二重になっている。一つのドアを閉めてから、黒人はもう一つ先の木製のドアを開いた。

志宣は導かれるまま二番目のドアを潜って、そこで足を止めて目を大きく見開いていた。

「ここは…」

内部は巨大な温室になっていた。南洋の花々が咲き乱れ、ほとんど色のない室内を通ってきた目には、鮮やかすぎる色彩が目を射るようだ。

丈の高い観葉植物が生い茂り、その合間に植物園のように巧みに配置された水が流れている。敷き詰められた石の間には水草が茂っていて、そこを極彩色の魚がすーっと泳いでいった。

中央には噴水を配した大きなプールがある。そこから水は温室内に流れていくようになっているのだ。魚と一緒に泳ぐことになっても、それはそれで楽しそうだ。

志宣は自分の不勉強を恥じた。完戸という男は、外部の人目にさらされるようなところには、あまり金を掛けない主義なのだろうが、内部の自分のための空間には、こうして金を使える男なのだ。趣味が悪いとは決していえない。この温室は、贅沢を見慣れた志宣にも、充分に贅沢だと感じさせる空間だ。

ここでもまた黒人は、ドアを閉めて自分は入って来ようとはしない。結果志宣は、一人で温室内に入っていくことになった。

「暑いな…」

まだ夏物を着ているとはいえ、やはりスーツでは暑い。初対面の相手に対して、上着を脱いで会うのは失礼だと律儀に考える志宣は、糊のきいたハンカチを取り出して汗を拭った。

「よく出来てるな。まるで本物みたいだ」

完戸の姿を探して歩いていた志宣は、思わず立ち止まる。

巨大なライオンのぬいぐるみが置かれていた。ぬいぐるみだと思ったが剥製《はくせい》だろうか。ふさふさとした鬣《たてがみ》も見事で、背中の毛が少し抜けて禿げ掛けているところまでやけにリアルだ。

「ふーん、剥製か」

近くに寄ってもっとよく見ようとした志宣の足は、その時止まった。

ライオンは突然立ち上がり、何とのそのそと志宣に近付いてきたのだ。

「……」

ライオンは志宣を見ている。

志宣もライオンを見つめた。

ライオンは獰猛《どうもう》な獣という先入観がある。それさえなければ、大きな犬を見た時の驚きと同じだった。

確かに顔はセントバーナードなどの大型犬に比べても、はるかに大きい。立派なかぎ爪がついているだろう太い足は、人間とたいして変わらない大きさだ。立ちあがって襲いかかってきたら、人間なんてひとたまりもない。

けれど近寄ってくるその瞳には、何の邪心もないとすぐにわかる。

飢えてさえいなければ、百獣の王はそう易々と威厳を崩したりはしない。

彼は今飢えていないのだろう。好奇心溢れる眼差しで、自分よりもひ弱な生き物を見ているだけだ。

志宣は背後のドアを振り返った。

ドアはすでに閉ざされている。

志宣が刑事だというだけで、ライオンの餌として差し出すことに決めたのだろうか。

さらにのそのそとライオンは近付いてきた。そして志宣の手に鼻を近づけると、くんくんと匂いを嗅ぐ。

おかしなもので志宣に恐怖心は湧いてこない。思わず手を開いて差し出してしまった。

「猫の匂いがしないか。猫をどう思う？　君にとっては餌なのかな」

ライオンはレディに口づけするナイトのように、優雅に志宣の手をぺろっと舐めた。

「うわーっ、やっぱりざらざらする。猫科の仲間なんだな」

鬣に触れたい。そう思ったけれど志宣は自制した。彼は志宣を舐めたいと思っただろうが、触ることを許すとは限らない。

「おかしな野郎だな。たいていは悲鳴をあげてドアに突進するぜ」

低い声だが、間違いなく人間の声だ。

志宣は顔を上げて、相手の男を見つめた。

まだ若い男がそこにいた。

黒のタンクトップにジーンズ姿で、髪もくしゃくしゃのままだ。剥き出しの腕は太く、ほどよく

焼けていて浅黒い。身長は百八十近くある志宣よりも高そうだった。

「懐いてるんだね。人に飼われて長いんだろうか」

男はライオンの飼育係なのだろう。志宣は勝手にそう決めて、広い温室内にいるだろうもう一人の人物を探した。

「完戸さんは…どちらにいらっしゃるのかな」

「…あのな。期待したリアクションして欲しいんだけど」

「は？」

「普通はライオンがいたら、ぎゃーっとか、助けてくれーっとか叫ぶもんじゃねぇの。何だよ。おもしろくねぇな。その綺麗な顔が、恐怖でひきつれるのを楽しみにしてたのによ」

「そう言われてもこのライオンは怖くないんだ。もしよければ、触ってもいいかな。鬣がふさふさしてて、彼はとっても魅力的だよ」

「シーザー。吠えて脅してやれよ。お前、なめられてるぜ」

「舐められたのは私の方なんだけど。シーザーって言うんだ。帝王に相応しい名前だね」

ついに志宣は手を出して、ライオンの鬣に触れた。

「柔らかい。素晴らしいな」

その時シーザーは、王らしく低いがよく響く声をあげて吠えた。大きな口が開くと、そこには立派な歯がずらっと並んでいる。人の頭をかみ砕くだけの力が充分にありそうだ。

志宣は思わず微笑む。その顔をじっと見ていた男は、ついに魅力的な口を大きく開いて笑い出した。

「まいったな。とんでもない野郎だぜ。大人しそうな美人なのに、こんな場面で堂々と笑ってやがる。腹がよっぽど据わってるのか、それとも鈍いのか、どっちだ」

「動物は好きだよ。君が羨ましい。子供の頃は飼育係に憧れていたんだ」

「人間の飼育係になりたくて、警察官になったのか」

「それとはまた違うけれどね」

男はこっちだというように顎で示す。言われたままついていくと、プールサイドにテーブルと椅子があって、テーブルの上には果物籠に異国のフルーツが溢れていた。

「完戸さんは？」

「頭がいいんだか悪いんだか。いい加減に気がつけよ。お前の目の前にいるのが、完戸将英だ」

「君が…」

志宣は思わず、彼は偽物ではないかと疑った。完戸は正体を明かすのが嫌で、若い飼育係の男を自分の身代わりにしたのではないかと疑ったのだ。

「そんなガキに見えるのか。ありがたいね。これでも御年三十二だぜ。そっちは？　警察手帳だしな」

「和倉葉志宣。御茶の水署、刑事一課だ」

志宣は警察手帳を差し出し、自分の顔写真を見せた。

「二十八なの。若くもねぇんだな」

志宣の年を確認して、完戸将英はあざ笑う。

「どうりで落ち着いてるはずだ。元はどこの署にいたんだ。丸暴か？」

暴力団専門の部署にいたのかと、将英はさりげなく聞いた。志宣は笑ってそれを否定する。

「刑事になってまだ二年なんだ。大学卒業してから、香港にしばらく留学していたし。あっ、失礼しました。ご本人だと気がつかず、つい失礼な態度をとってしまって」

いまさら遅いとは思ったが、志宣は本来の目的を思い出して低姿勢に構えた。

「そんなことは気にしねぇよ。口の利き方一つで文句を言うほど、俺はけつの穴の小さい男じゃないんでね」

将英は椅子に座り、志宣にも薦めた。シーザーはまるで猫か犬のように将英の足下に蹲り、たいくつそうに大あくびをしている。

「ライオンは個人飼育が認められていなかったと思うが？」

「堅いことは言うなよ。こいつは若い時はサーカスの人気者だったんだぜ。サーカスが潰れちまってよ。薬殺されるとこを引き取ったんだ。もういい年なんだ。残り少ない命なんだから、楽しい思いをさせてやってもいいだろ」

「楽しいのかな…。サバンナに帰してあげればいいのに」

「そりゃ無理だ。サーカスで生まれたんだぜ。餌の取り方もよく知らないだろ」

将英は素足だった。その足をシーザーの背中に乗せて、器用に足先で優しく首の裏側を掻いてやっている。

そんな姿はとてもやくざには見えない。よく見ると男らしい顔立ちの中に華やかさがあって、なかなかいい男だ。体は鍛えられているのだろう。二十代で充分に通用する、若々しい体つきをしていた。

この辺りを仕切っていた昔気質《かたぎ》の組長が、一年前病気で亡くなったすぐ後に将英が引き継いだ。昔とは違って跡目を継ぐのは身内ばかりとは限らない。経済力のある新興勢力が、金の力で縄張りを丸ごと奪うこともあるのだ。先代の組長は、金で将英に何もかも譲ったという。

三十二という年齢が事実だとしたら、その金はいったいどこから出たのだろう。

表向きは日本ドーム内外で飲食店とグッズ販売店を数店経営しているし、グッズの製造も行っている。それだけでもかなりの収益はあるだろうが、元になった金の出所は何だったのか警察にも掴めない。

日本ドーム関連チケットの転売をするダフ屋の元締めだとか、野球で賭けをやっているとか、いろいろ噂は出ていたが、実体は誰にもまだわかっていなかった。

「一人で来るなんて、いい度胸してんな。用ってのは何だ」

「捜査協力をお願いしたいんですが」

「協力？　俺が？」

「人にはあまり聞かれたくない話なんだけど、ここにいるのは私達だけですか」

志宣は周囲を見回す。突然鳥がばさばさと翼を揺らして頭上を掠めた。

「ああ、そういう話か。悪かったな、挨拶が遅くなって。署長をどこかに呼び出せばよかったんだろうが、こっちもいろいろと面倒なことが続いててね」

一人で勝手に納得すると将英は立ちあがり、ガーデンパーティにでも使うために用意されているのか、プールサイドのカウンターのあるミニバーまでいって、この場に不似合いなジュラルミン製のバッグを手にした。

再び戻ってきた将英は、バッグを開くとその中からぽんっと帯封をされたままの札束を志宣の前に置く。銀行の名前の書かれた帯封の札は、手が切れると表現されるような新札だった。

「…何なんですか、これは」

「領収書切れなんて言わねぇよ。署長にはそのうち、席を設けるからとよろしく言ってくれ」

「待ってください…」

志宣は呆然として、帯封で綴じられた三個の塊を見つめる。その表情を見ていた将英は、さらに二つを取り出して上乗せした。

「足りなかったか。挨拶の相場はそんなもんだと思ってたんだが」

「違う。私はこんな物を受け取りにきたんじゃない。警察を何だと思ってるんだ」

滅多に怒らない志宣だったが、さすがにこれには怒りを覚えた。形のいい眉を釣り上げると、きっと将英を睨み付ける。

その表情を将英はじっと見つめていた。

「警察をなめないで欲しい。そんなものさっさとしまってくれっ」

「……」

将英はぽりぽりと頭を掻いている。子供が叱られた時のようで、あれぇ、おっかしいなぁといった顔になっていた。

「わっかんねぇなぁ。なめてんのはそっちだろう。たった一人でのこのこ現れたと思ったら、いきなり捜査協力のお願いか？　しかも世の中のルールを何も知らない、新人なんぞよこしやがって。俺もこっちの業界じゃ新人だがよ。なめてかかると痛い目見るぜ」

顔はまだ穏やかなままだが、将英も明らかに不愉快になっているようだ。

二人はしばらく無言で睨み合っていた。

声が聞こえなくなると、耳に入るのは心地いい水の流れる音ばかりだ。時折ばさばさと葉が揺れるのは、中を飛び回る鳥達のせいだろう。

「帰りな。協力なんてする気はねぇよ。どうしてもして欲しかったら、署長にあんたが直接頭下げて来いって言ってやれ」

将英の声は冷ややかになっていた。

「内容も聞かずに拒否しないでくれませんか。私の態度が失礼だったなら謝ります」

志宣は素直に頭を下げた。

その変わり身の早さに、将英は太い眉を寄せる。

「せめて内容だけでも聞いてくれませんか」

「聞いてやるだけならな」

将英は煙草を取り出し、銜えて火を点けた。高価な純金のライターでも使っているのかと思ったら、ありふれた使い捨てのライターだ。志宣は思わず微笑んでしまった。

「何笑ってる」

煙に目を細めながら、将英は不思議そうに志宣を見る。

「いえ…そんなにお金があるのに、ライターがそれだから」

「よくなくすんだ。こいつが一番便利でいい」

その言い方は、高価なライターを幾つもなくしたことを、自慢げに語られるよりずっと好感が持てる。

「二週間後に日本ドームで行われるコンサートのことはご存じですよね。国内外の大物タレントが出るという」

「ああ、知ってるよ。売り上げの一部をテロの被害者に寄付するってやつだろ」

「そのコンサートを妨害すると、主催者側に脅迫が入っているんですが…」

「だから、それで、何なんだよ」

「裏で何か情報を掴んではいないでしょうか。日本ドームでの興行を妨害されたら、そちらとしても損失を被ると思うのですが」

ふっと口元を弛めて、将英は笑った。

志宣は思わず見とれてしまう。

この男は笑う時に、何て素晴らしい表情を浮かべるのだろう。

相手がやくざだという先入観はなくなっていた。自分よりも少し年上の、やり手の実業家にしか思えない。警察に敵対するやくざだとは、どうしても思えなくなっていた。

「そんなもんガキの流したガセだろう」

「脅迫状の送信元は香港です…。完戸さんも香港に子会社を持っている。表向きはグッズを中国で作らせている関係から、支社となっているようですが」

「俺がやってるって疑われてるのか?」

「いいえ、利害関係からいっても、あなたにとってはコンサートが成功してくれた方がいいはずです。チケットは完売している…。その…ダフ屋行為、チケットの裏取引は禁止されているが、やはり当然のように行われるんでしょう?」

探りを入れるつもりはないが、つい志宣は口にしてしまった。

「法外な金額を要求してるんです。それを支払わないと、当日どんなことが起こるか保証はないと。

けれど主催者側としては、それを受けてしまったらテロに屈することと同じだと、あくまでもはねつける姿勢なんですが」

出来るだけ穏やかに話そうとしていたが、志宣の額には汗が浮いていた。緊張しているからだけではない。温室の内部は真夏並に暑いのだ。

ハンカチを出して再び汗を拭う。その様子を見ていた将英は、自分の首を軽くつまんでネクタイを弛めるような動作をした。

「スーツなんて着てると暑いだろ。ネクタイ外して、上着脱げよ。アイスコーヒーでも飲むか」

すっと将英は立ちあがる。自分でまたバーのカウンターの内側に入り、冷蔵庫を開いて飲み物の用意をし始めた。

やくざのトップなんて、ふんぞり返っているだけで自分では何もしないと思っていた志宣は、将英がまめなので意外に思う。だからこそやくざだとは思えないのかもしれない。

「中国マフィアの情報は、何かご存じではないですか?」

「やつらのふりした、日本人組織かもしれないぜ。いや、アメリカ、またはロシアも考えられる。悪い事をするやつらは、世界中に散らばっているからな。発信元が香港なのは、足がつきにくいからだろ」

「中国当局にも協力を要請しましたが、相手が特定出来なければ動いてはもらえないんです。日本ドームを守るためにも、ぜひここはご協力をお願い出来ないでしょうか」

将英はアイスコーヒーを志宣の前に置いた。自分はバドワイザーの缶を手にしている。プシュッとプルトップが引かれて、将英が太い喉を反らしてビールを飲み込んだのを見た瞬間、志宣も渇きを覚えてアイスコーヒーを口にした。

「コンサートまで二週間しかないんです。通常の何倍もの警戒体制は敷くつもりですが、何をどうするつもりなのかわからない。ここでもし犯罪を成功させてしまったら、模倣事件が全国のスタジアムで起こる危険性もあるんです」

志宣は熱心に語る。将英は考え込むような顔をしていたが、何も教えてはくれないままだ。

南国の神をかたどった噴水からは、絶え間なく水が噴き上がっている。円形のプールは、大人でも充分に泳げる広さだった。志宣はあのプールで泳いだら気持ちがいいだろうなと思った。

上着を脱ぎたい。ネクタイも弛めたい。けれど失礼にあたると思って我慢している。喉は渇き、アイスコーヒーの冷たさだけがしばらく暑さを忘れさせてくれた。

「あそこのプールで泳ぐことはあるんですか？」

思わず関係ない質問をしてしまう。

「泳ぐよ。あんた、泳ぎたいんなら俺は別に構わないぜ。ここには俺とあんたの二人きりだ。裸になって泳いだら」

「いや…そんなとんでもない」

志宣は上着のポケットから、メモ用の手帳を取り出す。何か聞き出せたことを、一つ漏らさず書き込むつもりだった。

それにしても暑い。暑さのせいだろうか。自分で書いた手帳の文字が歪んで見える。

「日本の住宅税制では…プールに対して非常に高い課税がされると…思いますが」

言葉がうまく喋れないほど暑さでまいっているのだろうか。志宣は慌ててグラスに残った氷を口に含み、涼しさを呼び戻そうとした。

「よく知ってるじゃないか。確かにその通り。あれはプールだがプールじゃない。散水用の池さ」

「あっ…そうか…池なら…」

課税の対象にはならない。そう言おうとしたが、なぜか言葉は続かず、志宣はゆっくりと椅子からずり落ちていった。

溺れているようだ。息が苦しい。必死になって上に向かおうと手足をばたつかせるが、水面ははるか上にある。

プールの底から、どうあがいても浮き上がれない。おかしいと思ったら、手足が自由にならないことに気がついた。

このままでは溺れてしまう。早く、早く上へとあがいていたら、ふっと目が開いてぼんやりと辺りの様子が見えてきた。

水の中にいたのではない。目に見えるのは真っ白な天井だ。クーラーが効いているせいで、室内は水底にいるようにひんやりとしている。寒いくらいだと思った志宣は、それもそのはずだ、自分は裸なんだと気がついた。

まだ意識が朦朧《もうろう》としている。じょじょにだが感覚は戻りつつあったが、感じるのは寒さと微かに匂う獣臭さだった。犬を室内で飼っているのかと考えてから、いやあれは犬じゃなかった。ライオンだったと思い出す。

温室、ライオン。若くて精悍な美しい男…。

笑顔が素晴らしい。

あんな顔をして、金のためなら平気で悪事も働くのだろうか。

そこまで考えていたら、突然意識がはっきりした。

自分の置かれた状況が、初めてよくわかったのだ。

どうしたことだろう。志宣は裸にされて、首には太い首輪を嵌められ、手には手錠を嵌められて床に直に転がされていたのだ。

心当たりがあるとしたらただ一つ。グラスに水滴を纏《まと》わり付かせていた、冷たいアイスコーヒー。コーヒーの苦みが、そこに隠されていた別の薬品の苦みをも消してしまったのだろう。

志宣はまったく疑うということをしなかった。警察官にまさかこんなことをする人間がいるなんて、想像もつかなかったのだ。

「ここは…」

志宣は起き上がり出口を探した。けれど視界に入る唯一の出口には、太い鉄の棒がはめ込まれている。ここはシーザーの檻なのだろうか。

ひんやりと冷たいはずだ。床はコンクリートになっている。まだふらつく体で立ちあがった志宣は、出口に向かって歩き出そうとして、思い切り首を締め付けられてげほげほと咳き込んだ。

振り向くと首輪の先に鎖がついていて、それが壁面にしっかりと繋がれているのだ。

「外れないかな」

どんなに強く引っ張っても、鎖は太くとても引きちぎれそうにない。首輪だけを外したくても、鍵でしっかりと固定されていた。

「おいっ、誰かいないのかっ！」

勇敢にも志宣は、奥に向かって叫んでいた。

こんな事態になっても、志宣はまだ落ち着いていた。

警察官にこれだけのことをするからには、将英は志宣を生きたままここから出すつもりはないのだろう。ここで誰にも知られずに殺されるのは嫌だったが、理由も解らずに殺されるのはもっと嫌だった。

何回か叫んでいると、出口のさらに向こうにあるもう一つのドアが開き、背後に黒人の巨漢を従えた将英が現れた。

「エディ、ここはいい。車の用意しといてくれ」

言われて黒人はまた姿を消す。将英はポケットから鍵を取り出して、檻の扉を開いた。

将英の様子はさっきとは違っていて、今はダブルのダークスーツを着ている。さすがに年相応の大人の男に見えた。

「何でこんな馬鹿なことを…。逮捕されたいのか」

「ふざけてんのはそっちだろ。さっさと正直に吐いちまいな。てめぇ、どこの鉄砲玉だ」

「鉄砲玉…私が君の命を狙ってるだって！　冗談じゃないっ、警察手帳を見なかったのかっ。私はれっきとした警察官だぞっ」

「あのなぁ、警察手帳やインターポールの身分証なんて、いくらだって偽造出来るんだよ。こういうやばい場所に捜査で来る時はよ。刑事だったら二人連れか、それ以上の人数で来るもんだ。それが常識だろ」

「それは…」

相沢が拒否したからだ。後一年で退職したら、相沢はただの民間人に戻る。そうなった時に、やくざに元刑事というだけで因縁を吹っかけられるのを何より恐れていた。

相沢さんの顔が知られなければいいんでしょう。だったら私が一人で行きますから。そう親切に言ってしまったことが、とんでもない落とし穴になってしまったのだ。

「本物の刑事だったとしても、一人で来るからには何か特別の意味があるはずだ。捜査協力なんて言ってやがるが、罠を仕掛けにきたんだろ」

「罠って何だ。そんなものを仕掛ける警察官がいるんだったら、こっちが聞きたいくらいだ」

「ふざけんなって。綺麗な顔してるくせに、やることたぁ汚いな。そういうのが俺、いっちばん嫌いなんだよ。美人は美人らしく、モデルかタレントでもやって夢を売ってな。男が命懸けて商売してる場所に、ちゃらちゃら出張ってくんじゃねぇ」

「な、何なんだっ、君はっ。顔なんかで人を判断するのかっ。そっちの方がずっと失礼だ。私だってこんな顔に生まれたくて生まれたんじゃないっ」

志宣は必死で手錠を外そうと足掻く。こんな暴言を吐かれ、自由を奪われたままでいるのはもう耐えきれなかった。一対一で殴り合って将英に勝てる自信はまったくなかったが、ただいいようにやられている方がずっとつらい。

「バックは誰だ。俺は気が短い。さっさと吐かないと、ここから一生出られなくなるぜ」

「バックは国だ。東京都公安委員会。警視庁、それ以上の何でもない。疑ってかかる前に、ちゃんと調べてみたらどうだっ」

「警察官が信用出来る時代は終わってんだよ。目的は何だ。金か？　それとも俺のことを嗅ぎ回って、それを餌にして誰かに売り込むつもりか。えーっ、吐きな」

将英はいきなり志宣の体を引き寄せ、顎に片手を添えて強く挟んだ。

握力は半端ではない。志宣は一瞬、そのまま顎の骨が砕かれるのではないかと思った。

「ナゾナゾだよ、刑事さん。男には一つ。女には二つ。さぁ、何だ。答えてみなよ」

「えっ…」

将英の顔が間近にあった。志宣よりわずか上に位置するその顔は、怒りでぎらぎらと輝いている。志宣は自分が置かれた状況をしばし忘れて、将英の顔をまじまじと見つめてしまった。

志宣は自分の顔があまり好きではない。人は志宣の持っている知識や能力を評価する前に、まずその顔の美しさを褒める。男にとって、そんなことで褒められるのは決して名誉なことではない。人はどう考えるか知らないが、少なくとも志宣にとっては迷惑なだけだ。

妬ましいくらいに将英の顔は志宣の理想だった。

男らしく精悍さに溢れていて、さらに知的な雰囲気があり、負けず嫌いなのだろう、勝ち気さが隠しようもなく滲み出ている。

「何…見てる」

志宣の視線に気付いたのか、将英は覗き込むようにして志宣の目の中を見ていた。

「スーツ…せっかく似合っているのに…ネクタイが曲がってる。襟も皺になってるよ。直した方がいい」

「…あんた、本当に変わってるな」

「君もだ。いきなりナゾナゾ出されても困るんだけど」

「そっちの方が変わってるよ。裸で縛られてるのに、人のネクタイの心配か」

「だらしないのは…嫌いだ」

将英に欠点があるとしたらそこだろう。志宣は思わず足下に視線を落とす。

「靴も磨いてない…。やくざは…若い衆とかにそういうことはやらせるもんなんだろう」

「今時、そんなのはやらねぇよ。うちはやくざとは違う。博徒《ばくと》でもなければ、暴力団でもない。利益追求型の企業だぜ」

「やってることは…同じじゃないか」

志宣は抗議の意味を込めて鎖を鳴らした。

「そうかな。まぁそう思いたければ思ってろ」

顎を掴んでいた手を離すと、将英は意味ありげに志宣の全身を目で追った。

「ナゾナゾ、ギブアップか?」

「いや、わかったよ。答えはお祝いだ」

「お祝い？」

「女の子には二つ。雛祭りと子供の日。どっちも祝える。だけど男の子は子供の日だけだ」

志宣は得意そうに微笑む。すると将英はまた素晴らしい笑い顔になった。

「ほんとに、変わってる。可愛い男だな、あんた」

笑いながらも将英は、スーツのポケットから薄手のゴムの手袋を取り出して嵌めていた。

嫌な予感がして、志宣は壁際に後ずさった。当然のように将英は追ってくる。壁まで行ってしまうと、志宣にはもう逃げ場はなくなっていた。

「サンドバッグ代わりに殴るつもりなんだ」

「いや…殴るにはあんた、可愛すぎるよ。こんなに美人なのに、どっかぬけてる可愛い男なんてそうはいない。だが…それが手だとも思える」

将英は再び獣の本性を現して、志宣の体を壁に強く押しつけた。

「あっちを向きな」

くるっと後ろ向きにされて、志宣は壁だけを見ることになる。何をするつもりか聞く間もなく、将英の手がいきなり志宣の背後の割れ目にあてがわれていた。

「素晴らしい答えだったがね。残念でした。正解は…穴だ」

志宣はその一言で赤面していた。

将英の指が、今まさに入ろうとしているのがその穴だったからだ。

「何を…」

「寝ている間に裸に剥いて、全部調べさせて貰ったぜ。チャカもナイフも隠してない。録音装置も隠しカメラもなしだ。本当に丸腰できたんだな」

「何度も言ってるだろう。君を殺したり、逮捕するつもりはないって」

「信用出来ないなぁ。あんたが綺麗すぎるのも問題なんだよ。俺が綺麗な男に弱いってのが、どこで漏れたんだか」

「……」

将英の手は、いやらしく志宣の割れ目の奥をこすっている。医療用のゴム手袋の感触は、素肌よりもずっと粘つく感じで、志宣はおぞましさに身を固くした。

「そういう…趣味？」

「まぁね。どっちもいけるが、男をひーひー泣かせる方が楽しいな」

「わ、悪いが、そういうのは嫌いだ」

志宣の言葉を軽く無視して、将英は志宣のそこを押し広げていきなり指を突っ込む。逃れたくても押さえつける力は強く、志宣は痛みと不快感に耐えるしかなかった。

「セックスは大好きなんだよ。だがな、そのせいで危ない目にも遭ってるんだぜ。相手が素っ裸だったら、危険はないってつい安心しちまうだろう。ところが人間の体には、隠せる場所がちゃんとあるんだ」

「こ、こんな所に何も隠せるもんかっ」

「大麻の密輸に人間の内臓を使うのなんて、今じゃ常識だぜ。コンドームに包んで、けつに突っ込んで運ぶ。だから言っただろ。女は二つ入れる場所が」

「そんな話、聞きたくないっ」

痛みに呻きながら、志宣は抗議の声をあげた。

「聞けよぅ。俺が香港に行った時さ。誘いかけてきたのは綺麗なねぇちゃんだった。ホテルのスィートでお互いに素っ裸になって、さてこれからって時に、ねぇちゃんはビデを使わせてくれといいやがった。まぁ、当然だろう。綺麗な体でしたいもんな」

「聞きたくないっ」

「聞け。その女なぁ、あそこに小さなナイフを隠していやがったんだよ。葉巻のケースに入れてな、ここの辺りに、こんなふうに」

ぐりぐりと将英の指が、志宣の内部の奥深くをかき回した。

「やっ、やめろっ！　何も隠したりしていないっ」

「それとな。ここに変な薬を隠してた男もいたんだ。小さなアンプルでさぁ。そいつを俺の中に、こっそり入れるつもりだったらしいぜ。けどね、俺は入れられるのは好きじゃないから」

「こんなの好きなやつなんて…い、いるもんか」

志宣の声は弱々しくなっていた。不愉快なはずなのに、どうしても感じてしまう部分がある。そこを将英の指が巧みに刺激し続けるのだ。

「アンプルの中身は高濃度のヘロインだった。粘膜で直接吸収するとな、下手すりゃ心臓麻痺だ。刺激的なセックスを求めた結果ってことにされて、あっさりやられちまうとこだったぜ」

「ああっ…、な、何もないだろう。もう…抜いて…あっ」

「ここに何かあるだろう？　これは何？　ほら…」

「ち、違う、そこは…ぜ、前立腺だ。おかしなものじゃない」

「そう、そうかなぁ？」

将英の声は明らかに笑っていた。何もかもわかっていて、わざと志宣をいたぶって遊んでいるのだ。

「ああ、ああっ、いやだ…あっ」

裸では隠しようがない。志宣は恥ずかしくも昂奮してしまった性器を、壁に押しつけて必死になって隠した。

「どうしたの？　感じちゃった？　いいねぇ、いい声だ。そそられるぜ…」

将英の顔が志宣の背後から近付き、項に熱い息がかかった。舌先が耳を下から上へと舐めあげる。

途端に志宣の全身に、寒さからではない鳥肌が浮き上がった。

「なぁ…誰に雇われた。俺をたらし込むように言われたんだろう？」

今度は将英のもう一方の手が、巧みに壁と志宣の体との間に入ってきて、はち切れそうになっているそこをやんわりとつまむ。

「完戸将英は金と力のある新興やくざだ。これ以上のし上がる前に、さっさと潰しておけ。それにはやつの一番の弱点。下半身を攻めろって…言われたんじゃないのか」

完全に志宣を羽交い締めにすると、将英は逃げられない志宣を二つの手で巧みに嬲る。そんなことをこれまで一度もされたことのない志宣は、恥ずかしさと屈辱、さらに意志に反した快感とで身を捩って悶え苦しんでいた。

「ああ、はっ、ああ、何も頼まれてなんか…いないんだ。信じて…」

「どこのやくざもんだ。それとも政治家？　警察にはちゃんと挨拶もしてねぇからな。それで署長のやつ、俺に少し脅しをかける気になったか」

「しょ、署長はそんな人じゃない」

「そうかぁ。前ここいらを仕切っていた親父さんは、署長とよくゴルフに出かけてたぜ。賭けゴルフなんてなぁ。いくらプライベートでも、警察署長がやってたらまずいんじゃないの」

「うっ、嘘だっ」

志宣は将英の言葉を信じていなかった。これは彼の作戦だ。志宣を動揺させて、余計なことまで喋らせてしまうつもりなのだ。

だがこれ以上志宣には何も言うことはない。

命じられたのは、完戸将英に捜査協力を依頼する。それだけだ。

「あっ…頼むから、もう…そんなこと」

「そんなことって、どんなこと。はっきり言ってくれないと、わかりません。さっさと本当のこと言わないと、このままだとマジで犯すぞ」

もう充分に犯されていた。何も突っ込まれるばかりが犯すことではない。志宣のすでに心の中をかなり深く犯されている。

ライオン、温室、妙な男…将英。

檻。首輪。鎖。

男を犯す、男の手。

何もかもが非日常的だ。

志宣は自分を完全に見失ってしまいそうだった。

すべてを頭から追い払い、自宅の静かな庭先を思い出そうとした。

三毛猫。よく手入れはされているが、自然なままのように見せた庭。

そして優しく笑う母親。

口うるさい使用人。本家にいる寡黙《かもく》な父と、父そっくりの兄。そして生意気な二人の甥。

たいした事件もなく静かに流れていく日常を思い出して、快感を忘れようとした志宣は失敗した。

目を閉じても、将英の姿が消えない。

ライオンを足で撫でる男は、その手で志宣を犯して楽しんでいる。

「ああ、あっ…あっ」

「何て声出すんだ。誘ってんのか」

「ちが…う。ああっ、もう、やめてくれ。話すことなんて、何もないんだから」

「いい根性してるぜ。見かけよりずっと男なんだな。それは認めてやる。だが、だからって許してもらえるなんて思うな。余計に燃えちまったぜ」

差し込まれていた指が抜かれた。みっともなく射精してしまわずに済んで、ほっとしたのも束の間だった。代わりにもっと大きなものが志宣のそこにねじ込まれ、荒々しく内奥までを突きだしたのだ。

「あっ!」

「んん、いいねぇ。あんたを俺に差し出したやつのセンスを褒めてやるよ。いい体だ。泣き声もいい。乱れた顔もじっくり見たいもんだが、今夜はもう時間がない」

時間がないと言いながらも、将英はしつこく志宣を攻め立てる。指でさんざん快感を与えた場所を、さらに今度は将英のものの正確な動きで刺激され続けて、志宣は痛みを忘れて悶え狂った。

ここは志宣の知らなかった世界だ。迷い込んでしまったばかりに、自分が大きく変わってしまったのを志宣は知った。これまで心の奥深くに隠されていたもう一人の自分には、プライドはないらしい。初めての行為を素直に受け入れ、しかも感じてしまっている。

男にされたことなんてないのに、こんな行為でいかされてしまったらどう思われるだろう。

容易く堕ちる男と思われるのも悔しいし、男との経験が豊富なように思われるのも腹立たしい。

「あっ、やめ…ああっ…駄目だ…」

なのに志宣は自分に裏切られた。

どうすることも出来ずに、将英の狙い通りあっさりといかされてしまったのだ。

弛緩した体の奥深くに、まだ将英を感じる。耳元に荒い息が当たっていた。志宣の腰をしっかりと押さえる手は力強くて、指先が食い込んで痛いくらいだ。

「どうした…腰くらい振ってみせろよ。棒立ちのまんまじゃ、俺を…たらし込むなんて出来ないぜ」

「……」

志宣は強く口を結んだ。

二度と甘い声なんてあげるものかと思ったのだ。

「まぁいいさ。いつまでもそうやって意地を張ってろ。喋らないつもりなら…ここでずっと飼ってやってもいい…」

将英の動きは早くなる。志宣は手錠で繋がれた両手で口元を押さえて、またあがってきそうになった声を殺した。

突然ふわっと体が軽くなった。

もう用は済んだというように、将英が志宣を突き放したのだ。

そのまま志宣は壁に寄りかかり、自分を犯した男を振り返った。

何事もなかったように、将英は乱れた着衣を直している。ワイシャツの裾をズボンの中にねじ込み、ベルトを適当にきゅっと締めた。それだけで終わりにしようとするから、志宣は思わずふらふらと近付いていって、自由の利かない手で将英のネクタイを直してやった。

「人に会うんなら、身だしなみを整えるのは礼儀だ…。一流のやくざは、みんな着るものにまで気を遣ってる…」

「……」

将英は黙ってネクタイを直させていたが、志宣の手が離れる瞬間、素早く抱き寄せて唇を軽く重ねた。

「なっ…なにを…」

「こんなおかしな野郎は初めてだ。どこまで本気なんだか、とぼけてんだかわからねぇ」

「とぼけてなんかいない」

「犯されりゃ喜ぶ。縛られても平気で、人のネクタイの心配か。冗談じゃないぜ。この俺を本気で落とすつもりかよ。舐めるのは好きだが、なめられるのは嫌いなんでね。一度やらせたからって、甘い顔を期待しないことだ」

なぜか将英は余裕をなくしている。志宣にはそう感じられた。

一度出して、男だったら一番すっきりしている状態のはずだ。なのに将英は前よりずっと苛立っているように見えるのはどうしてだろう。

「和倉葉志宣か。いいだろう。徹底的にあんたのことは調べてやるぜ。それまでここでおとなしくしてろ」

せめて鎖だけは外してくれないかと言おうとしたが無駄だった。将英は出口を開くとさっさと立ち去ろうとする。行きかけて突然立ち止まり、振り向いた顔には残酷な微笑みが浮かんでいた。

「そうそう、言うの忘れてた。ここはシーザーの寝床なんだ。悪いが今夜はやつと一緒に寝てもらうぜ。あいつには餌は充分与えてるつもりだが…たまに一週間くらい餌をやるのを忘れることもあってね」

「…そんな脅しには乗らない。話すことは本当にないんだ」

「脅し？　脅しじゃないさ。シーザーはいい子だがな。獣だから…」

にやっと将英は笑うと、靴音も荒く部屋を出ていった。

ライオンは夜行性の動物だ。ライトを絞り薄暗くした室内を、シーザーは右へ行ったり左へ行ったりと繰り返している。やがてそれにも飽きたのか、ごろんと床に横になると、組んだ前足の上に顔をのせてじっと志宣を見つめていた。

今夜のシーザーが飢えていないことを、志宣は祈るのみだ。

「シーザー。君の飼い主のこと、教えてくれないか」

床に座り込んだ志宣は、壁に寄りかかった姿勢で思わずシーザーに話しかけてしまう。

母にこんな状況を知られたら、彼女は間違いなく気絶するだろう。志宣が一晩仕事で外泊するだけで、眠れなくなるような人なのだ。

将英はどんな親に育てられたのだろう。

彼の両親はこの広い邸宅のどこかにいるのだろうか。もしいるとしたら、自分の息子が捕らえた警察官を、ライオンの檻に放置して出かけてしまうなんてことを許すのだろうか。

署長から教えられた、将英に関する情報は少ない。

以前この辺りを仕切っていた松笠《まつかさ》組は、組長が病気になったのを機に解散。日本ドームというおいしいシノギの場があるから、後を引き取りたい組はいっぱいあったのだろう。なのに松笠は平和的に完戸将英にすべてを金で譲った。揉めなかった証拠に、今も将英の配下には、以前の松笠組の組員が多数残っているという。あの事務所にいた社員が恐らくそうなのだろう。

将英は正体不明の一匹狼だが、松笠が所属していた広域組織への上納金を、きっちりと納めるだけの良識はあったようだ。金ですべてを丸く収めたのだろうか。派手な抗争事件もなく、それまで誰も知らなかった男が、松笠の地位をすんなり手に入れてしまった。

組織の形態もこれまでのやくざとは違っている。表面上は会社組織になっていて、元松笠組の組員も今では正式な役職を与えられていた。なのにやはり一般の企業とは違っていて、裏ではかなり違法なことをしていると思われるのに、いまだに警察は尻尾を捕まえることも出来ない。

新しいスタイルの経済やくざ。

そう定義されているようだが、では新しいスタイルとは何なのだ。

志宣にもよく解らない。ただ香港でアジアの商法を学んだ志宣には、なんとなくだが想像することは出来た。

アジアに拠点を隠し持っていると思われる将英は、日本で汚いことをして手に入れた金を、海外で濾過《ろか》して溜め込むといった手を使っているのではないだろうか。その金を正規の事業にまた注ぎ込む。そうして資産を増やしているのだ。

「香港ですれ違っていたかもしれないな」

志宣は親元を初めて離れた、香港での二年間を思い出す。高台の治安がいい地区に、狭いが小綺麗なマンションを借りていた。慣れない脂っこい食事にもどうにか慣れて、異国の友人も何人か出来て、楽しい留学生活を過ごしたのだ。

あのままあの地に残っていてもよかったのだが、やはり母を一人にしておくことは出来ない。日本に帰るたびに、母の痩せていく様子を見ていてそう思ったのだ。

今は何時なのだろう。時計もない暗い部屋で、じっとしているだけだと時間もわからない。シーザーの餌になる前に、志宣の方がシーザーを餌にしてしまいそうなほど空腹を感じていた。

掃除のために水道はあって、排水溝も完備している。不自由な手で蛇口をひねり、志宣が水を飲んでいると、シーザーが近寄ってきて自分も飲みたいのか喉を鳴らしていた。

「…ライオンと一泊か。確かに…これで脅えない方がおかしい」

シーザーが水を飲むのを見守りながら、志宣はぽつんと呟いた。

「君を怖いとは思えない…私はおかしいのかな。少しは怖い思いもするだろうと覚悟して警察官になったけど…これが怖いってやつなのかな」

このままずっとシーザーと閉じこめられていたら、彼はいずれ空腹とたいくつから志宣を手に掛けるかもしれない。頭蓋骨を楽に砕きそうな牙を持っていたから、絶命する瞬間まで相当痛い思いをすることになるだろう。

「シーザー。私を食べる時は、まず頸動脈《けいどうみゃく》を一気に噛みきってくれないかな。あっ、駄目だ。首輪を嵌められてるから、首は難しいか」

どうでもいいことを志宣は真剣に考える。そんなことでも考えないと、連絡もなく帰らない息子を心配しているだろう母を思い出して、憂鬱になってしまうのだ。

「完戸将英…彼には奥さんとか恋人はいるのかな。資料にはなかった。それとも香港に置いてきたんだろうか」

温室にいた時の将英を思い出して、志宣はなぜか赤くなった頬を押さえる。

あのまま自然に会見が無事終了していたら、犯されることなんてなかったのだろう。警察官に暴行を働いたら、それだけで逮捕されるのに、なぜ将英は自分を犯すまでしたのか。

疑ったからだと言えばそれまでだ。

脅しの手段として、暴行は暴行でも別のスタイルを利用したのだろう。

「それだけ…だよな」

志宣を見ているうちに、理性が吹っ飛んだから。

そこまで考えて志宣は笑った。

「男にやられたっていうのに、悔しくもないし惨めでもない。プライドがないわけじゃないんだ。あっさりといかされちゃったのは、正直悔しかったよ。けどそれだけ…。どう言ったらいいのかな。彼を初めて見た瞬間、何か自分に似ているとちょっと思ったんだ」

再び志宣は座り込む。するとすぐ横にシーザーも並んで座った。

動物の体温は高い。シーザーのために室内はあまり涼しくはないから、近くに寄られると獣臭いし暑苦しい。志宣は困った顔で微笑む。

「猫も夏場に膝に乗られると暑いけど、君もかなり体温高いね」

志宣は手を伸ばして、シーザーの耳の後ろを掻いてやった。猫とはあまりにも大きさが違いすぎるけれど、好きなことは似ているのではないかと思ったのだ。

ゴーゴーと風の吹き抜けるような音が聞こえる。何だろうと思ったら、シーザーが猫のように喉をゴロゴロ言わせている音だとわかった。

「シーザー。君も野生を剥き出しにして怒ることはあるんだろうか。それとももう忘れた？　牙を向ける相手もいないんだものな」

見れば見るほど、ライオンは美しい。

その気高い姿がなぜか将英に重なった。

人はライオンを遠くから見るだけだ。近くに寄って触れる人間なんてそうはいない。すべてのライオンがシーザーのように優しいわけではないから、これは滅多にない奇跡のような出会いなのだろう。

恐れられている将英も、近くに寄ってみたら意外に優しい男なのかもしれない。

裸でライオンの檻に放置されてもなお、志宣は将英を自分の敵だとは認めたくなかった。

シーザーにもたれ掛かってうとうとと眠った。

夢の中でなぜか兄が、志宣達親子を泥棒猫と罵倒している。それは実際に先妻の葬儀の時にあったことだ。兄に抱いていた憧れは、あの瞬間うち砕かれた。そっちが勝手に拾ってきて、家の隅で飼ったのだろう。まだ子供だった志宣は、そう言い返せなかったのが今でも悔しい。

「悪いのは…父だ」

思わず呟いた志宣は、目の前に立つ男の影に気がついた。

「おい、シーザー。浮気するんなら、雌ライオンでも相手にしろ。そいつは人間だぜ」

将英に言われてシーザーはのそのそと立ち上がり、反対側へと移動してまたゴロッと横になった。

「ここに一晩入れられると、たいていの男は気が触れたみたいにおかしくなるもんだがな」

影になっているので、将英の顔は見えない。志宣は力なく笑った。

「殺すつもりなら、すぐにやってくれないか。生かしておくつもりなら、悪いけど何か少し食べさせてはもらえないだろうか。このままじゃシーザーの餌になる前に、シーザーの前足に齧り付きそうなんだ」

平になった腹部を志宣は示す。その下にある萎えたものが目に入って、思わずそこを手で覆っていた。

「和倉葉志宣…。あの和倉グループのぼっちゃんなんだろ」

「そうだよ。母は元愛人。そんなこともうみんな調べたかな。さすがに調べるのは早いな」

よろよろと志宣は立ち上がり、将英に向きあう。

志宣は手を差し出した。

「刑事だってことはもうわかったはずだ。手錠…外してくれないか」

将英は黙ってまず首輪を外し、続けて手錠を外した。志宣は自由になった首をくるくると回す。

すると軽い目眩が起こって、ふらっとなってしまった。倒れるかと思ったら、その体は素早く将英の腕の中に抱き取られていた。

志宣は思わず将英のスーツの襟を掴む。逮捕すると叫びたかったが、未だに志宣の方が囚われ人のままであることに変わりはなかった。

「まだ完全に信用したわけじゃないが…獣臭いぜ。風呂にいれてやるから」

「ありがとう…ついでに何か…食べるもの」

「まったくおかしな野郎だな。普通は命乞いとかするもんじゃねぇか。よくこんな場面で、物が喰えるな」

「君だって…食べるだろ」

生命力のある人間は、どんな状況でも生き残ろうと努力する。志宣はそう信じていた。

檻の外まで出た志宣は、ドアの外はすぐ温室だと気がついた。すでに夜は明けたのか、ガラスの天井からは真っ青な空がのぞいている。

「歩けるか」

「歩けるが…裸で歩くのはちょっと…」

「うるせぇ野郎だな。あんたと歩くのは俺しかいないぜ」

「裸で廊下を歩くなんて…」

志宣は思わず非難の声を出す。すると将英はスーツの上着を脱ぎ、それを志宣の肩にさっと掛けてくれた。

スーツの上着の内ポケットには、万札の溢れたずっしりと重い財布が入っている。そして反対側には、小型だが灰色のボディを持つ銃らしきものが入っていた。

先を歩かせられる志宣は、歩くたびに体に当たる金属の重さを計る。銃だとしたらそんなに大きなものではない。けれど至近距離でなら威力を発揮するだろう。

上着のポケットから銃を取り出す。構えて後ろを振り返り、将英に狙いを定める。オートマチックなら弾は二十発近くある。将英のリアクション。巨漢の黒人、エディの参戦。

あらゆる状況を、志宣は脳内でシミュレーションしてみた。

志宣の勝算は。

ゼロに等しい。

なぜならここに何人の人間が実際にいるのか、志宣には予想がつかない。裸のまま殴り合いになったら、圧倒的に志宣の方が不利だった。警察で受けた格闘術なんて、将英やエディにとっては子供のダンス程度にしか思われないだろう。

かといって将英を撃つことは志宣には出来ない。

志宣がここに来た目的は、将英を逮捕することではないのだ。自分が受けた暴行や監禁の痛手よりも、志宣は二週間後に何万の観客が受けるかもしれない被害の方を優先した。

温室を出たが、廊下には誰もいなかった。辺りはしんと静まりかえっている。

「こっちだ」

将英は志宣に先を歩かせた。

「どうした。ワルサーのＰＰＫ。装弾数は七発。おもちゃじゃないぜ。抜かないのか」

志宣の考えを読みとったかのように、将英はずばっと言った。

「七発か。グロックかと思った。グロックだったら弾は十八はあると思ったのに」

「詳しいな。ガンマニアか」

将英は嬉しそうだ。

「君の方がマニアなんだろ」

志宣はわざと素っ気なく返す。

銃が入ったまま、わざと将英はスーツを着せかけたのだ。志宣が銃の存在を知って、どう出るか試したのだろう。

「撃ち方を知らないわけじゃないだろう」

「銃刀法違反。暴行傷害。拉致監禁。贈賄の容疑で逮捕します。そう言いたいけれどね。ここに来た目的は、君を逮捕することじゃない。日本ドームを襲撃するかもしれない、頭のおかしなやつらを逮捕するために、協力要請をすることだ」

将英はヒューッと派手に口笛を吹いた。

「すげぇな。優等生のお答えだ。可愛いけつを見せて歩きながら言うには、惜しい台詞だぜ」

「……」

志宣は真っ赤になって立ち止まった。慌ててスーツの裾を確認する。確かにスーツの上着のスリットから、ちらちらとのぞくそこを、ずっと将英に見られていたのだ。

「怒るな。怒った顔も綺麗だがな。笑ってる方がずっと可愛い」

将英はさりげなく志宣の肩を抱くと、さらに先へと歩かせた。

「悪かったよ。俺もいろいろと訳ありでね。ここんとこずっと命、狙われてるんだ。人を見たらまず疑え。それが今の俺の哲学なんだよ」

「それにしちゃ警備が薄い…」

「そう思うんなら試してみるといい。銃弾一発、撃ってみるか」

「いや…無駄だ」

ついに廊下の突き当たりに到着した。特徴のないドアを開くと、その奥にさらに木製の両開きのドアがある。将英は自らそのドアを開いた。

「…いい趣味だ」

思わず志宣は呟いていた。

真っ黒な御影石のたたきがあり、その先には磨き込まれた板の間がある。板の間の中央には黒褐色の鎧甲《かっちゅう》が一式飾られていた。

将英は靴を脱ぐと、さらに奥へと襖を開く。清々しい青畳の広い和室が続いていて、その一室には豪華な膳の支度があった。

「飯の前に風呂だ。いくら俺でも、獣臭い裸の男と、飯は食いたくないからな」

導かれた先には、小さいが檜を使った露天の風呂があった。

志宣は上着を脱いで将英に返すと、黙って風呂場に入る。竹垣で囲われた浴室の上は空で、周囲を鬱蒼と取り囲む木々に朝日が赤く当たっている。時季外れの蜩《ひぐらし》が、朝と夕を間違えて物寂しげにカナカナと鳴いていた。

「いいだろう、ここ」

「うん。風情があるね。君のセンスかな？　そうは思えないけど」

相変わらず将英のシャツはくしゃくしゃだ。せっかく行きがけに直してやったネクタイももう曲がっている。こんなだらしのない男にしては、センスがよすぎると志宣は疑った。

「建てたのは親父だ。住む前に、病院に入っちまったがな」

将英はネクタイを引き抜くと、そのまま床に放り投げる。続けてズボンを脱ぎだしたので、志宣はまた非難の視線を向けた。

「一人でゆっくり入りたいんだが」

「そりゃ駄目だ。背中くらい流してくれよ」

「…変なこと…しない？」

「さあな。さっきからずっとお利口にしてただろ。そろそろ危なくなってるが」

志宣は逃げ道を探す。けれど無駄だった。風呂場の入り口には、将英が仁王立ちしている。シャツを脱ぎ、裸になったその体は鍛え抜かれているのが一目瞭然で、志宣はどうあがいても逃げられないと覚悟を決めた。

木々が茂っているはずだ。この家は内部に凝った造りをしているせいで、外界から隔てられた異世界の雰囲気がある。それを守るためにも、見なくていいものは見せない工夫をしているのだろう。

ゆっくりと湯に浸かっていると、すぐ近くを交通量の多い国道が通っていることなど忘れてしまう。のんびりと温泉にでも来たかのように錯覚してしまいそうだ。

「いいねぇ、二人で入るのも」

湯があふれ出すのも構わず、将英はざぶんと体も流さずいきなり入ってきた。文句を一言言ってやろとした志宣は、その背中に見事な刺青を発見して押し黙った。

唐獅子だ。

牡丹と唐獅子を並べる図柄が普通なのに、将英はただ唐獅子のみを彫っている。その周りに渦巻く雲が描かれているだけだ。

「牡丹は…彫らなかったんだ」

「牡丹か。まぁな、つまらない夢さ」

「夢って?」

「いつか…本気になれる相手がいたら、そいつの腕に牡丹を彫らせる。俺を抱いた時に、牡丹が絡みつくように…。なんてな」

照れたのだろう。顔を見られたくないのか、将英は志宣と並んで湯に入ると、ざぶざぶと顔を湯の中で洗う。志宣は慌ててタオルを手にして、すっとその眼前に差し出した。

「いくら自分専用だからって、そんな脂ぎった顔をまっさらな湯の中で洗わないでくれ」

「あーっ？」

「洗い場でまず体を流すもんだろう。洋式のバブルバスじゃないんだから」

「いちいちうるせぇなぁ」

「どういう育ちをしてるんだ。こんな家を建てるくらいだから、立派な人なんだろう。君もそういう親に恥ずかしくない大人になればいいじゃないか」

「ったく、誰に向かってそういうことを言ってるんだ、この男は」

将英は乱暴に志宣を抱き寄せると、素早く唇を奪う。あまりにも早かったので、志宣には抵抗する余裕もなかった。抵抗しようと掴んだ肩に思わず爪をたててしまう。かりかりと引っ掻いていた手から、いつか自然と力が抜けていった。

目を閉じてしまうと、聞こえるのは蜩の声ばかりだ。

将英のキスは優しい。荒ぶる獅子は影を潜め、ここにいるのは満ち足りた時の優雅な獅子だった。

「志宣か…いい名前だな」

唇を離した将英は、少し照れたように甘く囁く。

「お利口にしてるご褒美だ。いいことを教えてやる」

「いいこと…って」

湯にのぼせただけではない。思わぬ優しさに触れてぼうっとしてしまった志宣は、将英に抱かれたまま素直に耳を傾けていた。

「この家を建てたのは、右翼の大物だった東雲叡山《しののめえいざん》。本名、完戸栄三《えいぞう》だ」

「君は…彼の息子なのか」

「正確には養子だ。ここまでは公安でも調べがついてるだろう。警察手帳に入ってた名刺。公安の葉山か。あいつなら俺が東雲叡山の息子だって知ってるはずだ」

「そんなこと一言も…」

与えられた資料には、東雲のしの字も書かれてはいなかった。

「さらにもう一つ。これは公安も知らない…」

将英はじっと志宣を見つめ、試すように切り出した。

「俺の本当の親父は、日本ドームグループの会長。真島信輔《まじましんすけ》。あんた…志宣と一緒さ。俺は真島が愛人だった神楽坂の芸者に生ませた子供だ」

「日本園グループ…」

まるで完成間近のジグザーパズルを見ているようだった。

それならすべてが納得出来る。将英に自分の縄張りを譲った組長も、相手が東雲の息子では、大物過ぎて刃向かうことも出来なかったのだろう。

真島は日本園の裏部分を、養子には出したが血の繋がった息子に与えたのだ。

「真島信輔の野望は、日本にカジノを作ることだ。ラスベガス並の大がかりなやつを、ドームに併設してな」

さらに将英はとんでもないことを口にした。

「無理だ。現行の法律では、ギャンブルは規制されている」

「じゃ公営競馬は。パチンコは、宝くじは。地方自治体だって、財政の逼迫《ひっぱく》でどこもきゅうきゅうしてるぜ。法の改正さえしちまえば、カジノは作れる。日本は安全な国だって神話は生きてるからな。アジアからも客を呼べる。俺は…そのために働かされてるんだ」

「カジノを作るために？」

「真島の出した資金で、国外ではすでに何軒かカジノを経営している。でっかい利権が絡むからな。そのせいで俺は年中、命を狙われてるんだよ」

あまりにも話が大きすぎて、志宣にはすぐに理解は出来ない。父も和倉グループの会長として、実業界では辣腕《らつわん》を奮っているが、それはあくまでも合法な範囲内でだった。

一度は養子に出した息子を、自分の野望実現のために利用する。三十二年も前に、そんなことが出来る男に成長すると信じて息子を東雲に託したのだろうか。

「東雲と真島の関係がよく解らない。自分の息子を養子に差し出すくらいだから、深い関係だったんだろうか」

志宣は好奇心を抑えきれずに聞いていた。

「今は昔ほど力はないがな。東雲のじじぃはあらゆるところに影響力を持ってる。戦国時代の侍みたいなもんだ。結束を固めるのに、真島は俺を人質として差し出したんだ」

「そこまでしてカジノを作りたかったんだろうか」

「半端じゃない金が入るからな。だが日本にカジノなんて作られると、迷惑する組織があるんだよ。東南アジアでカジノを堂々とやってる連中にしてみりゃ、金持ちの日本人はいい客だ」

「それと脅迫状は関係があるのかな」

志宣は思わず将英の腕を強く握ってしまった。

捜査の一番大切なポイントが、ここにあるのではないかと思えた。葉山はそれをすでに知っていて、将英の元に行かせる誰かを捜していたのだろうか。

「もう解っただろう。コンサートに対して送られた脅迫状は、真島信輔に向けられたものの可能性もあるってことだ。やつらは真島の野望に気がついてる。手を引かせたいのさ」

庶民の娯楽の場として長い日本園グループだ。カジノを作ってもきっと成功させるだろう。日本で合法的にカジノが開かれたら、確かに国外へ向かう足は鈍るかもしれない。

「真島も焦ってるんだ。頼りにしてた東雲のじじぃが、癌で入院しちまったからな。撤退させるんなら今だと思われてるはずだ」

「君は…東雲叡山に育てられたのか…」

「まぁな。東雲叡山が作った私塾で育てられたってのが正解か。山の中にある、野郎ばっかりが暮らす塾でな。そこから学校に通い…大学にまで行ったが…その先はいろいろさ」

将英はそこで押し黙った。つい喋りすぎたと感じたのだろう。

「志宣…背中、流してくれ」

湯から上がった将英は、志宣に見事な唐獅子を見せた。熱く火照ったせいだろうか。鬣に使われた朱の色が鮮やかになっている。

「志宣。警察をあまり信用しない方がいいぜ」

「…そんなこと言われても…」

志宣は素直に将英の背中を洗った。よく見ると彫られた唐獅子は、どこかシーザーにも似て見える。将英はいったいいつ、シーザーと巡り会ったのだろう。想像することも難しい将英の過去を、志宣は思い巡らせていた。

「公安は俺を見張りたいんだ。東雲のじじぃが、法改正のために政治家に接触するのを、どっかで捕まえようと張ってるのさ。脅迫状はいい口実だったんだろ。つついたらおもしろい物が出るんじゃないかと、どうでもいい刑事を俺のとこによこしたんだ」

「どうでもいいとは何だっ！」

「だが事実だろう。刑事として活躍してくれなくてもいいんだ。俺が東雲のじじぃの息子だって正体はもうばれてる。張り付いて情報を手に入れられれば、誰でもよかったのさ」

「じゃコンサートは。何も知らない、観客が何万人と来るのに。彼らの安全はどうなるんだ」

「日本の警察は優秀だ。絶対に何も起こせないと、自信があるんだろう。だがやつらはやるぜ。日本の安全神話を崩すのが目的なんだから」

将英は志宣が手にしていたタオルを取ると、それをざぶざぶと洗った。まだぼうっとした志宣は、いつの間にかそのタオルに泡立てられた新しい泡が、自分の体を洗っているのに気がついた。

「いいから…自分でやる…」

「遠慮すんなって」

「もう疑いは晴れたのか?」

「さぁね。どうだろ。志宣、俺に協力して欲しいだろ」

「それは…そうだけど…」

「条件が一つ」

志宣の体を優しく洗いながら、将英はその耳元に顔を近付けて囁いた。

「…事件が片づくまで…俺のものになれ」

「そんなっ」

「俺は安心して抱ける相手もいない、寂しい男なんだぜ。少しは楽しませろ」

「わ、私は、男性と、そういったことは…」

「もうしただろ。いい声で泣いてたじゃねぇか。素質は充分あるよ。抱き心地もよさそうだ」

「駄目だっ、そんな交換条件なんてっ」

将英の手は、いやらしく志宣のその部分をまさぐっている。泡立つ手でこすられて、志宣はまたおかしくなりそうでうろたえた。

「こんな汚い真似はしたくねぇんだがな…。綺麗なお母さんだよな。志宣の家は三毛猫まで綺麗だ。綺麗なものは…綺麗なままにしときたいだろう…」

甘い言葉の次に、さりげなく毒を含ませる。それが彼らのやり方だと知っていても、志宣は怒りで顔を赤くした。

「母には…触れて欲しくない」

「そうだろ。俺もしたくないさ。だったら選択肢は一つだ。大人しく抱かれてろ」

「…お、男にそんなことを求めるなんて」

「俺は変わったもんが好きなんだよ。ぼっちゃん育ちの熱血刑事なんて、そうはいないぜ。それだけじゃない。ライオンを恐れない男は…世の中にそうはいねぇよ」

最後の方は、ほとんど独り言のような呟きだった。

孤独なライオン。

群れも作らず、一匹でサバンナを流離《さすら》うライオンの姿が脳裡に浮かぶ。

将英がサバンナのライオンなら、志宣は日だまりの猫だろうか。拾われて、愛されて、大切に育てられた猫の姿を自分に重ねた志宣は、いや、飼い猫にだって意地はあるさと思った。

「なら…こっちにも条件がある」

志宣は自分の体に回される将英の手を押さえて、振り向いてじっと将英の目を見つめた。

「何だ。一日の回数でも決めろってか」

「そ、そんなことじゃない。コンサートで誰も怪我人が出ないように、最善の手を打つと約束してくれ。警察本部がどんな目的で私を選んだかなんて、そんなことはどうでもいい。言い渡された任務は、コンサートが無事に開催されるように協力要請することだ」

「まだそんな堅いこと言ってるのか」

「当たり前だろ。私にだって警察官としての意地がある。誰でもよかったなんて言わせるもんか。ドームを守るんだ」

一人で熱くなっている志宣を見ていた将英は、呆れたように笑った。

「わかったよ、熱血刑事の顔は立ててやる。ついでに…こっちもな」

巧みに抱き寄せられて、再び唇が重なった。

このままではここで…。

慌てた志宣は将英を引き離そうとするが、二人の間にある石鹸の泡が、力を入れれば入れるほどぬるぬるとぬめって、思わぬ卑猥な動きに変えてしまう。

「いやだっ」

押し返そうとしたが無駄だった。洗い場のざらつく石の上に押し倒されて、組み敷かれた志宣は、見上げた将英の顔の向こうに青い空があるのに気がつく。

鳥の群が空を過ぎった。誰に教えられたのか、見事に隊列を組んだ鳥の群れだ。

思わずぼうっと見とれてしまった。

「何…見てる」

「鳥…」

「そんなもん見なくていい。俺を見ろ」

志宣の視界に将英の顔が入った。

「自分を泣かせる男の顔を見るんだ」

しっかりと志宣の足を抱えながら、将英は充分な大きさのものを志宣のそこにあてがった。

先端に石鹸が塗り込められているのだろう。昨夜と違ってぬるついた感触が、侵入を楽にするだろうと予感させた。

「志宣…裏切るなよ。こいつ以外のもので、お前を泣かせたくない」

ずっと先端が入った瞬間、志宣は痛みで眉を寄せた。

「君こそ…逮捕…されるような馬鹿なことはするな。その手に…手錠なんかかけたくない」

「手錠は…お前の方がずっと似合うぜ」

将英は乱暴にぐっと押し入ってきた。

「ん…くっ…」

快感はない。あるのは痛みばかりだ。けれど逃れることは許されない。志宣は目を閉じて、現実を忘れようとした。

「見るんだ。目を開けて俺を見ろ」

「……」

目を開けた途端、将英の手が志宣のそこを優しく擦り始めた。いつになく先端は敏感で、軽い刺激だけですぐに頭を持ち上げてしまう。

「あっ…ああ」

「しっかりと俺を心に焼き付けるんだ。怨んでもいい。憎んでもいい。…惚れてくれてもいいんだぜ…。志宣を自由に出来るのは、俺だけだって覚えておけ」

「…んっ」

抗議の意味を込めて、将英の腕を叩こうとした。けれど志宣の全身からほとんど力は抜けていた。

空腹なのに、与えられるのは下半身への快感ばかりだ。抵抗する気力もすでに萎えて、ぐったりとした体は一度味わわされた快感をまた味わいたいと望んでいる。

「あ…そこは」

先端の裏側を、親指の腹で刺激される。一番弱い部分なので、志宣の体はぴくっと震えた。

陽が顔に射している。みっともない乱れた顔を、何もかも見られてしまうのかと思うと悔しかったが、将英に言われた通り視線は外さなかった。

下から見上げると、将英の太い首が目につく。顎から首筋、そして肩へと視線をずらす。逞しい筋肉が手の動きに合わせるように揺れていた。

長い年月、肉体を鍛え続けた男の体だ。東雲は戦士にするべく、預かった将英を鍛えたのだろうか。獅子は我が子を鍛えるために谷底に突き落とす。自然界ではあり得ない話なのに、真実のように語られる言い伝えを思い出す。

将英は谷底から這い上がった獅子の子なのだろう。

志宣は自分を喜ばせようと動く、将英の腕を優しく撫でる。

すると将英は笑った。

ささやかなお返しに喜んだのだろうか。

「将英…」

初めて名前を呼んでみた。

「ん…なんだ。どうした」

志宣を刺激し続けながら、自身も志宣を味わうことに忙しい将英は、とろんとした目つきになっていた。

「なんだよ…ん…もっとか…ほらっ、奥までして欲しいんだろ」

志宣の腰をさらにあげさせ、奥深くまで将英は入ってくる。

「将英…」

さらに手を伸ばして、将英の顎に触れた。

朝まで起きていたのだろう。その顎にはざらつく髭の感触がある。

この男はきっと髭を剃るのが下手だ。もしかしたら箸を使うのも下手かもしれない。折り紙で鶴を折ったことなんて、数えるほどしかないのだろう。

そう思った瞬間志宣は、胸に甘い痛みを覚えた。

息苦しさで目を閉じる。

すると将英は志宣の手をいきなり噛んだ。

「目を閉じるな。自分に突っ込んでる男をちゃんと見ろっ」

「…なんで…そこまでしつこく言うんだ…」

「俺に抱かれてる時に、他のことを考えるな。そうすれば…可愛がってやるから」

傲慢な帝王は、激しく志宣の中に突き入れ始めた。最初のうちはゆっくりで、入り口の引きつれる痛みばかり感じていたのが、今また奥底にある鋭敏な部分を攻められて、志宣の意識は朦朧とし始めた。

「あっ…」

「悪くないだろ」

「よくもない…」

「嘘は下手だな。志宣は素直なままでいな。どうだ。いっそ俺に…惚れちまえよ。惚れたら…もっ

とよくなる」

「んっ…」

そんなこと出来ない。相手は自分とは違う世界の住人だ。

無理なこと言うなと言おうとしても、なぜか志宣の胸の痛みは消えていかない。ますます痛みは強くなり、癒しを求めるように再び志宣は低くその名前を呟いた。

「…将英…」

志宣を見つめる将英の顔が、切なげに歪んでいる。

快感に支配され始めたせいかと思ったけれど、それだけだろうか。

「ああっ！」

またいかされてしまう。志宣は全身を駆け抜ける痺れに、どうしても目を開けていることが出来なかった。

午後遅くに署に戻った。デスクにへばりついて、またどうでもいいような書類の整理をしていた相沢は、志宣の窶《やつ》れた姿を見てすまなそうに小首を下げた。

「和倉葉君…その、一人で何もかもやらせてすまなかったね。で、どうだった」

自分のデスクに座ろうとした志宣は、思わず動きがゆっくりとなってしまう。

豪華な食事の後、奥の寝室に引きずり込まれ、今の時間までさんざん将英に抱かれていた。やっと眠った将英を置いて、どうにか無事脱出に成功はしたが、現実離れしたあの家を離れ、自分の世界に戻ってもまだどこかふわふわとした非現実感は消えない。

目を閉じなくても、将英の姿はすっかり心の中に焼き付いていて、志宣は離れて初めて不安を感じた。

「何かすっかり窶れたねぇ。やっぱりやくざだもんな。脅されたりいろいろとあったんだろ」

自分が行くのは嫌がるくせに、興味だけはあるらしい。相沢はしつこく根ほり葉ほり聞き出そうとする。

「どうせ俺達は警察にとっちゃ捨て駒だ。和倉葉君、そんなに無理して一生懸命やることはないよ」

志宣が何も話さないので、相沢はさすがにいらついてきたのだろう。言葉の端に少しの嫌みが混じっている。

「今日は…もう帰ります。昨日から家に戻ってないんで」

そう言ってから、志宣は時計を確認していた。

もう何日も家に帰っていないような気がするが、わずか一日の間にあれだけのことがあったのだ。

将英の家を出てから、自分の家にすぐ電話を掛けた。母はすでに外泊の理由は仕事だと思ってい て、無理をしないようにねなどと、いつものように穏やかな声を聞かせる。それとなく連絡があったのかと確認すると、母は公安の葉山さんから特別任務についたと連絡を受けたと言った。

葉山が電話をするはずはない。

電話をしたのは将英だと、志宣は確信していた。

どこまで将英を信頼していいのだろう。裏切るなと将英は言ったが、同じように志宣も言いたい。このままでは母を人質に取られたも同然だ。かといって母を不用意に脅えさせることはしたくなかった。

「帰りますって、今来たばっかりじゃないか。報告書は…」

「何か記載する必要があるんですか…。何を書くんです。裏取引の実態ですか」

志宣の言い方は思わずきつくなる。

世間の常識からいえば、定年まで警察官として勤め上げた相沢は立派な人間と評価されるのだろう。一方、裏で何をして金を生み出しているのか、正体もわからない将英は危険で悪いやつだと評価されるのだ。

今の志宣には、相沢よりもずっと将英の方が魅力ある男に見える。たとえしていることがすべて、法に違反することだったとしても。

「何だ、生意気に。手柄は全部独り占めか」

相沢はぶつぶつと言った。

「それじゃ相沢さん…私の代わりに行ってくれますか」

将英は相沢が相手だったらどうしただろう。やはり金を見せただろうか。それとも相手にもせず門前払いをしたかもしれない。

「いや…すまなかった。俺も何かしていないとまずいだろう」

卑屈に相沢は言う。志宣はもう相手をするのもいやになっていた。

「失礼。報告をするので」

志宣は葉山に電話をかけた。家に電話をしたのが葉山なのか知りたい。それだけではない。葉山が将英のことをどれだけ知っているのか、逆に興味があったのだ。

「和倉葉です。完戸さんとようやく連絡が取れまして、協力していただけるようにお願いしましたが」

あくまでも事務的に志宣は言った。

将英の自宅に監禁され、一昼夜の間に何回か暴行されました。脅かされ、母を人質に取られたのも同然の状態です。もうこんな勤務は続けていけません。ただちに完戸将英を逮捕してください。

そう叫んでもいいのだ。

なのに志宣は、何事もなかったかのように報告していた。

『完戸はすんなりと協力すると言ったのか。交換条件とかは出されなかったか』

葉山も疑っている。

志宣は電話の向こうで、何かを言い淀んでいる気配を察した。

「公安の尾行を、二週間遠ざけていただけませんか」

思い切って志宣は言ってみた。

将英は入院中の義父の代わりに、自分が何かすると思われているのか、常に尾行がついていると言った。もしそれが真実だったら、志宣があの家に一日囚われていたのも知られたはずだ。

『公安の尾行？　そんなことはしていないよ』

葉山はとぼける。

「日本ドームで何かあれば、店舗を構える完戸さんとしてもいろいろとまずいとおっしゃって、協力していただけることになりました。アジア系の組織の動きについても、詳しいようなのでぜひこのまま協力していただけたらと思いますが」

志宣もあくまでも事実を隠して話した。

『ぜひ協力してもらいたいな…。で、和倉葉君。彼はおかしなことは仕掛けなかったか』

「おかしなことって何ですか？」

葉山はやはり何か知っている。志宣は電話の向こうの沈黙の意味を考えた。

『いや、何もなければいいんだ。完戸将英についてはいろいろと実態の掴めないことが多くてね。

手に入れた情報は、どんな些細なことでも逐一報告して貰いたい。やはり人選は正しかったな。君は刑事にしちゃ、とても穏やかな印象だ。完戸も安心したんだろう』

「連絡をそちらからいただいたでしょうか？」

さりげなく聞いてみる。

答えは聞く前から予想はついたが。

『いや、こちらから連絡をすることはないが、何かあったら私に即、連絡してくれ』

やはり家に電話をいれて、母を安心させたのは将英だ。

自分で監禁しておきながら、家族には安心するように嘘の連絡をいれる。それが手口なのかもしれないが、気配りとも取れなくはない。

丸一日、何の連絡もいれなかったのに、警察内部では誰も志宣の心配などしていない。あのまま消されたらどうなっていたんだろうと、志宣は寒い思いを感じていた。

「それでは帰ります…お先に」

志宣は席を立った。

疲れているせいか、署内にいるのももういやになっていた。

相沢は自分達は警察の捨て駒だと言う。確かにそうなのかもしれない。葉山は将英を逮捕できるなら、志宣が犠牲になることも厭わないだろう。

葉山のように上層部にまで出世した人間にとって、大物の政治家ややくざを警察権力で切り崩していくのが、ゲームのような快感なのだ。

「ライオンと一晩寝てみろよ」

志宣は自分の車に向かいながら、ぽつっと呟いた。

「そうすれば完戸将英がよくわかる」

車は今日も綺麗だ。一日将英の家に駐車されていたのに、埃一つない。もしかしたら将英の家の使用人が、志宣の車まで手入れしてくれたのかもしれない。

車の窓ガラスに映る、自分の顔を改めて見る。

ふと葉山の短い沈黙の意味を考えた。

葉山がすでに将英の趣味を知っていたとしたらどうだろう。

最初から相沢は問題外だった。葉山は志宣だったら、将英が手を出すと思っていたのではないか。

それを狙っていたのだとしたら…。

ぼっちゃん育ちの志宣のことだ。男に暴行やセクハラされたら、それだけで大騒ぎをするとでも思ったのか。

検挙するには立派な理由にはなる。

そこまで考えて、志宣は慌てて考えを頭から追い払った。

餌。

ライオンに与えられた餌。

自分のことをそんな風に思いたくはないが、ついそこまで邪推してしまう。

夕方の道路は混んでいる。家までのわずかの距離が、思わぬ時間がかかった。庭木の多い住宅街に差し掛かるとほっとする。古くからの住宅街は、涼しくなったので犬を連れて散歩に出る人の姿もちらほら見えて、平和でほっとする情景に疲れた心が和んだ。

いつものように駐車場に車を入れる。来客スペースに一台、見慣れない車が入っていた。ベンツだったので、父の関連の人間かと思う。正妻になっても、本家には行かない母の実態を知っていて、たまにこっちにご機嫌伺いに来る部下もいる。

「ただいま帰りました」

玄関には水が打たれ、花活けには月見を演出したススキが活けられていた。あまりきつくない香が焚かれ、夕餉《ゆうげ》の匂いをごまかしている。

靴を脱いで揃えると、ああ帰ったんだなと志宣はほっとした。

あのままシーザーの餌になっていたら、ここには戻れなかったのだ。生まれて初めての大冒険をしたというのに、なぜか志宣の心は穏やかで、ただ一つ問題なのは、見ろと言われて見続けた将英の顔がいつまでも消えてくれないことだけだった。

「みー、どうしたんだ。おいで」

三毛猫は庭先の紅葉の下で、じっと蹲っていた。いつもなら志宣が帰ると、どこからともなく家に戻ってきて、抱っこしろとせがむのに珍しい。

「おかしいな…」

来客を通す応接室ではなくて、リビングの方から母の笑い声がする。リビングに通すのは親しい人間だ。志宣は挨拶だけ済ませようと、笑顔でリビングのドアを開いた。

「お客様でしたか。失礼します。今、戻りましたので」

いつものように挨拶する。ドアの方に向いて座っていた母は、志宣を見ると華やかな笑顔を浮かべた。

来客は後ろ姿しか見えない。

だが、あまりにも特徴のある後ろ姿だ。それが誰かは、もう聞かなくてもわかっていた。

「志宣さん、お帰りなさい。お友達、いらしてますよ。まぁ、本当に楽しい方。香港のお土産、たくさんいただいたの」

笑顔のまま志宣はそうですかと呟いた。

「お帰り。警察は忙しそうだな」

くるっと振り向いた将英は、人当たりの良さそうな笑顔を浮かべている。

脅しをかける時の凶暴な顔。達する瞬間の切なげな表情。唇を重ねる直前の、甘えたような顔。いろいろな将英を知っている。

また新しい顔を発見した。将英は自分の正体を隠して、普通の人のようなふりも出来るのだ。

お母さん。そいつは犬のぬいぐるみを着たライオンですよ。

そう言いたいのを堪えて、志宣は普通の顔をして自分も椅子に座った。

「香港にいた時のお友達なんですって」

「ええ…まぁ」

志宣は当たり障りのない返事をした。

「ゲンゴロウの唐揚げの話。まぁ、おもしろくて」

母は何を思い出したのか、楽しそうに笑っていた。

「ゲンゴロウ?」

「屋台で売ってるだろう。日本人から見ると、ゴキブリの唐揚げみたいに見えるあれさ。二人で食べたじゃないか」

将英は目顔で、志宣にも話を合わせろと言っていた。

「ああ…あれね」

「熊の手の料理。あれは右手が、ほらっ、蜂蜜をとるのに使うからうまいんだって話で盛り上がったよな。じゃあ左利きの熊はどうすんだって」

そこでまた母は、顔を抑えてくっくっと笑っている。

将英が来てから、そんなに時間は過ぎていないだろう。その短時間の間に、将英はこの世間知らずの母親から、信頼を勝ち得てしまったのだ。

「完戸さん。何も変わったものはないけれど、よろしければお食事していらして。熊の手も、ゲンゴロウもありませんけれど」

　母にしては珍しく冗談を言っている。

「いやぁ、すいません。家庭料理なんて、滅多に食べられないからなぁ。助かります」

　気を利かせたつもりか、母はそこで立ち上がり、キッチンに行ってしまった。

　残された志宣は、呆然とした中にも緊張を隠せず将英を睨み付ける。

「母には触れるなと言ったはずだ」

「何もしてないだろう。極上の中国茶と、翡翠のブローチをプレゼントしただけだ。変なものじゃないぜ。品質は保証する」

　将英は長い足を組み、堂々と煙草に火を点ける。この家では誰も煙草を吸わない。香の穏やかな香りに、挑戦しているように志宣は感じた。

「何しに来たんだ」

「…別に。顔を見たかっただけさ。寝てる間に黙って消えやがって」

「帰ってもいいと言ったのは君だ。服もちゃんとあの部屋にあったし、車のキーも電話も返してくれたじゃないか」

「だから帰ったんだろ。それでいいじゃないか。あんな優しいお袋さんを、心配させたら気の毒だよ」

　しれっと将英は言ってのける。

心配させるようなことの原因は、すべて自分が作ったというのに。

「どうりでみーが寄りつかないはずだ」

将英は庭先に蹲っていた猫を思い出した。ライオンが相手では勝ち目はないと、猫も思ったのだろう。

「将英…ほとんど寝てないだろう」

思わず志宣は将英の体を心配してしまった。

夜中、誰かと会っていたはずだ。帰った後は、ずっと志宣を抱いていた。最後に志宣を腕の中に閉じこめたまま、少し寝かせろと言ったのだ。

裸で眠る将英の体温は、シーザーのように高かった。

志宣はそっとその腕の中から抜け出して、将英が脱ぎ散らかしたままのスーツをハンガーに掛けてやった。

スーツのポケットには、ワルサーが入っているままだ。将英はそれを手に、志宣が自分を狙うとは疑わなかったのだろうか。

あんなに疑ったのに将英が急に態度を変えたのは、やはり志宣の一番の弱点が母にあると知られたからだろう。

弱味を握られた人間は裏切らない。

将英は人の利用の仕方を熟知しているのだ。

「狩りをしている間は、ライオンは寝ないんだぜ。普段はぐーたら寝てるばっかりだけどな。自分のテリトリーを守るためと、狩りにライオンは全力を傾ける」

「今は何を狩ってるんだ」

「さぁな…。俺にもよくわからなくなってきた…。おかしいんだ、俺。男のけつを追いかけ回すなんて、みっともねぇ真似はしたくなかったんだがな」

照れたように将英は言って、ちらっと志宣を意味ありげに見る。その顔に浮かぶ表情に、志宣はまた胸が痛み出していた。

「…馬鹿なことを…」

「志宣。お前の部屋どこ？　見せてくれよ」

わざとのように将英は大きな声でいう。部屋で二人きりになったらどうなるか、わかっていても志宣は立ち上がった。

「こっちだ」

この家は坂の途中にある。本家の方が、小高い丘の頂上にある形だ。志宣の部屋は二階だが、そこからは本家に続く木戸のある小道がすぐ近くに見えた。

この道を父は、夜中にこっそりと歩いてきたものだ。暗くなって足下がおぼつかないからか、いつも懐中電灯を手に歩いていた。

志宣は自分の部屋で勉強しながら、父が木戸を開いて降りてくるのを見守ったものだ。

父はほとんどここを訪れなくなった。高齢だし、足も悪くなっていたからだ。自分からは決してこの道を登ってはいかない母に、志宣はプライドを感じる。

飼われていても、意地はあるのだ。

「見える？　あれが和倉葉の本家だ」

部屋に入った志宣は、それとなく将英に上を示した。

「あそこに父がいる」

「親父が死んだら、志宣、お前どうすんだ」

「…そうだな。母が許すんなら、ここを出てもいい。財産の相続で揉めるなんて嫌なことだ。母が死ぬまで贅沢出来る程度貰えれば…それでいい」

今は通る人もない木戸は、古くなって朽ちている。閉まりも悪くなって、わずかの風でもばたばたと開いたり閉じたりしていた。

「パパが欲しいのか」

将英は背後から志宣を抱き締める。志宣はふりほどこうとはしなかった。

「いらないよ。欲しいのは…自由だけだ」

この家を出ていける自由。

それすらも志宣にはない。

「志宣…しがらみに縛られるな。本当の自由ってのはな。心の中だけにあるんだぜ」

「……」

志宣は将英を振り返り、自分に真摯《しんし》な言葉をかけてくれた男を見つめた。

「金があっても、権力があっても、自由なんてものは手に入らない。金も権力も自分を縛るだけだ。だが誰も、心までは縛れない。志宣、自分の心に正直に生きてみな。そうすればずっと楽になる」

「将英は…自由なんだろうか」

「自由さ。俺は自分の思ったままに生きる。欲しいものは欲しい。抱きたいものは抱くさ。明日なんてある保証はどこにもないんだ。後悔はしたくない」

後悔したくない男は、志宣を抱き寄せ唇を奪う。志宣も思わぬ激しさで、将英の唇を吸っていた。

恋なんて知らない。母以外の誰も、愛したことなんてない。

だから志宣には、今のこの感情が何なのかまるでわからない。

住む世界が違いすぎる相手だ。しかも同性で、正体も謎のままの男に、どうしてこんなに惹かれるのだろう。

「俺に惚れたんだろう」

将英は自信ありげに言った。

「自惚れるな」

志宣は口では否定したものの、将英の腕の中から逃れられないままだった。

「そうだな。自惚れだ。けどな、あんなキスをしてそれはないだろ」

「なっ！」

抗議しようとした唇はまた塞がれる。さっきのキスがあまりにも激しかったので、反省した志宣は今度はさりげなくかわそうとしたが無理だった。いつの間にか将英の背中に手を回している。背中にいる唐獅子を抱き締めているかのようだった。

「これで納得しただろ。突っ込まれていかされちまうのは、男の体がそう出来てるせいだ。だけどな。キスに応えるのは自分の意志だぜ」

勝ち誇ったように将英は言った。

慌てて将英を突き放したがもう遅い。

「キ、キスなんてまともにしたことないんだ…。やり方…わからなくて」

言い訳も何だか空々しかった。

「まぁいいさ…どうせ短い付き合いだ」

将英の言葉に、志宣はああそうだったと思い出す。

条件は事件解決まで将英のものでいること。

役に立つのかわからない情報を仕入れるために、そこまでやる必要があるのか、志宣にももうわからない。

「完戸さん。よろしかったらお風呂どうぞ。しのさんの浴衣でよかったら、お貸ししますから」

階段の下で、母が弾んだ声を出している。

将英はにやっと笑った。

「どうする。俺は気に入られたみたいだぜ」

「今夜はもう帰ってくれ。君がその気になれば、どんな人間にも手を出せるってことは知ってる。逮捕するつもりはないから、もうここには来ないで欲しい…」

「へー、ずいぶんと冷たいんだな」

将英はドアを開き、階下に向かって叫んだ。

「すいません。それじゃあ遠慮なくっ」

「将英…」

「悪いな。俺はへそ曲がりなんだ」

さっさと将英は階段の下へ降りていってしまった。志宣は慌てて後を追う。

母に将英の背中の彫り物を見られたら終わりだった。

食事の後で、将英はちょっと出てくると言って出かけてしまった。そのまま帰ってくれるのを期待したが、浴衣姿のままだ。すぐに戻って来るのはわかりきっている。

何分かかかって戻って来た時には、将英は手に花火の入った袋をぶら下げていた。

「なんでこんなものを」

「売れ残りだ。ぱーっとやろうぜ」

「ぱーっていったって」

子供用の花火だ。いい年をした男のするものではない。

「お母さん。花火やりましょう。夏じゃないけど、どうせ夏にだって、こんなガキのもんはやってないでしょう」

大きな図体をした子供のように、将英ははしゃいで花火を取り出す。

「まぁ、懐かしい。しのさんが子供の頃は、よくやりましたけどねぇ」

「ぼっちゃま、まだ蚊がおりますよ。蚊取り線香、立てませんと」

家政婦まで出てきて、庭先は急に活気づく。

夏はもう過ぎた証拠に、秋の虫が騒ぎをよそにジージーと物悲しく鳴いていた。暗闇にぽつんと赤く光るのは、様子を遠くから窺っている猫の目だ。鼠花火に驚いて、慌てて逃げ出した猫は、好奇心に負けてすぐにまた近付いてくる。

「みー、火傷するよ」

足下に寄ってきた猫を志宣は抱き上げ、そっと縁先から家の中にいれた。

「月見の季節に花火なんて」

「いいじゃないか。遊園地じゃ真冬でも派手に打ち上げてるんだ」

将英は次々に花火に点火しては、七色の炎をまき散らす。

楽しんでいるのだろう。志宣が惹かれる笑顔は、嘘でつくられたもののようには見えない。

「将英、子供みたいだ…」

「ここにいると、田舎の親戚の家に遊びに来たみたいな気がするからさ。ガキの頃の夏休みを思い出しちまった」

「まぁ完戸さん。こんなうちでよかったら、いつでもいらして」

何も知らない母は、素直に将英の言葉を信じている。

だが志宣は、将英に果たしてそんな夏休みが実在していたのかと疑問に思った。

大勢の年上の青年達に囲まれて、精一杯背伸びしていたのではないだろうか。東雲の私塾がどういったものかよくは知らない。けれど政治結社の主催する私塾が、のんびりと子供を遊ばせるような場所だとは思えなかった。

「線香花火ありますよ。みんなで競争しましょう。最後まで残った人が勝ち」

将英は母や家政婦まで誘い出して、小さな花火を手に持たせる。

この男には、こんな普通の顔もある。

演技なのか、それとももう一人の真島将英という別人格の男を、将英は心の中から捨てきれずにいるのか。

小さな線香花火に火を点ける。

最初ぱっと派手に燃え上がった花火はすぐに丸く膨らんで、ぱちぱちと小さな光をそれぞれの手元にまき散らした。

火の玉が小さくなって、じじっといって落ちたら終わりだ。

志宣は落とさないように真剣に持っていた。

ふと顔を上げると、将英はそんな志宣をじっと見ている。

将英の線香花火はあっという間に落ちてしまい、紙のこよりだけが手に残っている。

「俺の負けだぁ」

わざと明るく言っているが、どこか哀しい響きがあった。

「人生なんて…花火みたいなもんさ」

呟く将英の眼前に、志宣は新しい花火を差し出した。

「そうだな。でも花火だって、毎年、毎年、誰かがどこかでやってる。この一本が終わったからって、それで花火の楽しみが終わったわけじゃない」

「…おもしろいこと言うな」

「花火みたいに潔くなんて…そんなのは嘘だ。命は…大切にしないと」

自分で言いながら、志宣は切なさで胸がいっぱいになっていた。

何度も命を狙われている将英は、花火に自分の人生を見る。華やかに燃え尽きて、消えてしまうのもよしと思って生きているのだろう。

それが将英の生き方だとしても、志宣にはどうしても納得出来ない。

志宣は将英に生き続けて欲しかったのだ。

「今度のはきっと長く続くよ。将英、じっとしていないからだ。線香花火のこつは、動かさないことだろ」

「俺はじっとしてるのは苦手なんだ」

「今だけだよ。今だけでいい…。少しじっとしてろ」

将英の手に線香花火を持たせると、志宣は自ら火を点けてやる。

二人の男は小さな火を見守った。

ぷうっと膨らんだ火の玉から、小さな炎が水しぶきのように下に落ちていく。じっと光を見つめていると、消えた後にも網膜に光の残像が残った。

硫黄の燃えた匂いがつんと鼻をさす。そのせいで目が潤んだのかと志宣は思ったが、本当はそうではない。

志宣は怖いということの意味を、少しは悟ったのだ。

心惹かれた男が死ぬかもしれないと予感した瞬間、志宣はそれだけはいやだと思った。

母や父が先に死ぬのは、生きた時間の違いから諦めもつく。だが将英はまだ志宣とたいして違わない若さなのだ。

生きていて欲しかった。

たとえ出会いがあんな最悪な状況でも、謎だらけの男だとしても、何度か肌を重ねたことで特別な想いが志宣の心の中に育ったのだ。

「ほらっ、今度のは長く続いた」

黄色く光っていた火の玉も、暗いオレンジに変わって力なく地面に落ちていく。だがさっきに比べて倍の時間、二人は一つの火を見つめていたのだ。

「完戸さん。今夜はもう遅いわ。泊まっていらしたら」

久しぶりの線香花火に、少女時代に戻ったように喜んでいた母は、またとんでもない提案をする。

「そうだな。泊まっていくといい」

志宣も今度はすぐに同意を示した。

「いいのか…」

「いいよ…。お母さん、客間ではなく、私の部屋に…。話したいことがあるんで」

挑戦するように志宣は将英を見た。

へそ曲がりはやめることにしたらしい。将英は素直に、それじゃあ遠慮なくと言っていた。

木戸はキーバタンと繰り返し音を立てる。それ以外に聞こえるのは、遠くの国道を深夜に走り抜ける大型車の音と、寝ぼけた鴉の鳴き声ばかりだ。

この家はあまりにも静かすぎる。志宣は湧き上がる声を抑えるために、自ら浴衣の帯で口を縛っていた。余った帯は、そのまま志宣の手を縛っている。それは将英がやった。

自由を奪われることで、志宣が抱かれることに抵抗をなくすと知ってしまったからだ。

「んっ…んんっ…んっ」

首を左右に激しく振って、志宣は快感に負けまいとする。そんな姿を楽しんでいるのか、将英の唇は思うままに志宣の全身を這い回っていた。

「自分から誘ったんだろ」

低く囁きながら、将英は思いきり志宣の足を開かせ、中心を舌先で嬲る。これまで聖人のように静かな生活をしてきた志宣は、短期間の間に覚えさせられた喜びに、体も心もついていくだけで大変だった。

覚えたては何でも夢中になる。

セックスもそうなのだろうか。

一度、二度、三度と許したらもう歯止めは利かない。志宣は将英が与えてくれる快感に、今は素直に浸りきっていた。

肉体は疲れきっているのに、心はまだ貪欲に将英を求めている。志宣はそんな風に変わってしまった自分を、やはりどこかで許せないでいる。

母を抱くために毎夜訪れていた父は、同じ手で志宣を決して抱こうとはしなかった。親子でもどこかよそよそしい。

男の匂いのする膝の間に、ちょこんと座ったらどんな感じだろう。幼い頃にはいつもそう思った。友達がそうやって父親に甘える様子を見て、羨ましく思っていたのだ。

欠けた思い出を、今、別の男で埋めている。

そうは思いたくない。父を愛した記憶はないが、嫌悪感だけは今も持っていた。欲望にまみれた男。罪もない女を、自分の欲望のために閉じこめた男。

ずっとそう思って父を憎んでいた。

そのせいでか、性的なことからは逃げていた。

なのに志宣も今、欲望にまみれている。将英によって開かれてしまった扉は、その先に底なしの深い穴が用意されていたかのようだ。

「んっ…んぐっ…んんっ」

柔らかな絹の帯は、志宣の唾液で色を変えていた。恥ずかしいくらいに高くあげられた腰に熱いものが触れただけで、志宣は身を捩って抵抗するどころか、自ら積極的に求めるようにそこに近付けている。

事件が解決すれば、二度と会うこともない男。

そう思っているから、大胆になれるのだろうか。

自分も知らなかった自分を、志宣は将英の前に晒している。

「欲しいか。欲しかったら、自分で楽しんでみろよ」

将英は畳に敷かれた布団の上に起きあがると、胡座《あぐら》を組んで座り込んでしまった。入れられる瞬間を待っていた志宣は、軽くかわされて途方にくれてしまった。

「んっ…」

「自分で足を開いて、ここに跨《また》がるんだ。そうしないと、いつまでもおあずけのままだぜ」

そんな恥ずかしいことなんて出来るものかと、志宣は拒絶しようとした。だがどうしても胡座を組んだ足の間からのぞく、力強い牡の象徴に視線がいってしまう。

「手を上げるんだ。そのまま…ここに座れよ」

まるで繰られているように、志宣は言われたまま起きあがると、縛られた腕を頭の上にあげて将英の体に跨った。

「ほらっ、ちゃんと入れてみな」

「んんっ、んっんっ」

手が使えない。どこにあるかわからないものを、どうやって入れるんだと志宣は抗議する。

「ここだって…ここにあるだろ。入り口が狭くって無理か」

先端が確かに当たっている。だが自らそこに腰を落としていく勇気は志宣にはまだない。

「ゆっくりだよ。ゆっくりでいいから、ほらっ、力抜いて」

「んっ…」

自らの意志で、将英のものを自分の体内に導かないといけない。志宣が求めて、飲み込もうとしているのだから。

そこにはもう犯されているといった一方的な関係はない。

「腕、俺の頭に通すんだ。抱っこしてくれよ、ほら」

上げていた腕を降ろして、将英の頭をその中に入れた。抱き付く形になったものの、キスしたくても唇は塞がれていて自由にならない。

解いてしまったら、階下の母に気付かれてしまうほどの声をあげてしまうだろう。志宣はうっすらと涙を浮かべた目で、将英を見つめながらその頬に頬をすり寄せた。

「まだ自分で入れられないか。しょうがねぇな」

志宣の腰を抱え上げると、将英は巧みにそこに自分のものをねじ込む。そのままずっと下に降ろされて、思いもよらない深さまで将英を感じて、志宣は喉を反らしてのけぞった。

「ん…んんっ」

「あたるんだろ。もっと感じるように動かしてみな」

将英に抱き付いたまま、志宣は初めて自ら腰を振った。感じる場所はわかっている。そこにより深くあてるように、悩ましげに腰を蠢かせた。

「んっ…ふっ…ふっ…」

「泣き声が聞けないのが残念だ」

優しく脇腹をこすられた。乳首を指でこねまわされると、それに合わせて志宣の腰も激しくうねる。頭の中が真っ白になるほどの快感に浸りながら、志宣は愛しげに将英に何度も頬ずりした。

「いい顔になった…。お利口によくついてきたな。褒めてやる」

将英の手が志宣をまさぐる。そんなことをしてくれなくても、すぐに果ててしまいそうだった。

「んんっ、んんっ、んっ」

「いきそうか？　もう少し我慢しろよ。…我慢してる間は、特別締まりがいい。もっと俺を楽しませるんだ」

「ふっ…んんっ…」

望まれるまま志宣は耐えた。耐えれば耐えるほど、快感が深くなるのをそれで覚えた。果ててしまったら終わりだ。濃密な時間は、そこで完全に終わってしまう。

もっと繋がっていたい。二人に残された時間はそんなにないのだ。

志宣は知っている。将英のように自分を喜ばせてくれる相手とは、二度と巡り会えることはないだろう。

将英は志宣の中に眠っていたものを呼び覚ましたのだ。

生真面目なだけの外側の皮を外し、その奥に眠る淫靡で欲深い生き物を、将英は引きずり出した。

「んっ…」

抱き付くと将英の匂いがする。このライオンは獣臭くない。若い牡の匂いがするばかりだ。唇を味わいたい。

志宣は帯を銜えたままの唇を近づけた。

将英の指がすっと薄い絹地を引き下ろす。待ちきれずに志宣は、将英の唇にむしゃぶりついていた。

声は唇で消す。将英の中に何もかも吐き出してしまえばいい。

いく瞬間の悲鳴を、志宣は将英の唇で塞いだ。

志宣が果てたと知ると、将英はその腰を抱えて激しく下から突き入れる。将英に縋りついたまま、志宣はただの器となってぐったりとしていた。

やがて自由になった二人は、冷たく感じられるシーツの上に崩れ落ちる。

新緑の季節でもないのに、草いきれの中にいるような青臭い匂いに包まれて、二人はしばらくぼうっとしていた。

思い出したように将英は志宣の手を結わえていた戒めを解く。志宣は自由になった手で、そっと将英の顔を触った。

「疑ったなんて嘘なんだろう…。あれは私を抱きたかった口実なんだ」

志宣は酔ったように言う。

「まぁな。あの場で裸になってプールに入ってくれてりゃ、あんなに乱暴なことはしなかったかもしれない。うん、認める。最初に見た瞬間から、志宣を押し倒したくなってた」

「あんな手をいつも使うんだ」

「いつもじゃねぇよ。警察官だって言ってたし、変にまじめそうだったからな。ちょっといたぶってみたくなっただけじゃねぇか。志宣だって、すぐに素直に抱かれただろう。一目で俺に惚れたんだろうが」

「猫みたいなことをして」

「猫？」

将英は起きあがり、煙草を手にしながら部屋の隅に蹲る猫を見つめた。いつからそこにいたのか、にゃーとも鳴かない猫は、丸まったままでじっと二人の様子を見つめている。

「猫は食べる気もないのに、平気で生き物をいたぶる。飽きるまでいたぶって、その場に捨てていくんだ」

「俺は猫じゃない。ライオンのつもりなんでね。いたぶったまま捨てたりはしないさ。骨まで綺麗に食い尽くしてやるぜ」

将英は煙草の煙を、ふっと志宣の体に吹きかけた。志宣はむせて小さく咳をする。

「食わせてもらったからには、礼をしないとな。情報を一つやる」

「えっ…」

志宣は背けていた顔を再び将英に向けていた。

「香港から来る女のタレント。やつの荷物が、先に飛行機で到着している。そいつを調べてみな」

「何があるんだ」

「何かあるだろう。そのタレントは、俺達に敵対してる組織と関わりが深い。ドームの情報なんかもすべてやつが流してるはずだ」

「報告…しないと」

慌てて起きあがろうとしたが、体が思うように動かない。自分で思っていたよりも、ずっと疲労は激しかったのだ。

「今から調べても無駄だとは思うがな。入管審査で引っかからなかったんだ。再調査するには、警察だって理由がいるだろ。やつらはやばいもんはすぐに抜き取ってる。そっちが恥をかくぜ」

「それでも何もしないよりはましだ」

「ちゃんと働いてるふりだけでもするか」

あざ笑うような言い方に、志宣はむっとして眉を寄せた。

「君の言うその組織が、コンサートを妨害すると言ってきたやつだって証拠はあるのか」

「あるさ。コンサートの収益金を寄付することになってるが、その一部を真島が政治家に流すことをやつらは知ってる」

志宣にはもう続ける言葉もない。将英は志宣よりももっと深く、今回の事件の真相を知っているのだ。

「カジノ認可の法案を通すために、裏金を作る目的でコンサートを企画したのか。そのために何も知らない観客が危険な目に遭うのかっ」

「そんなもんだぜ、世の中ってのは」

「そんなものじゃないはずだ」

体を起こした志宣は、自分の足を抱いた。すると猫がすーっと近付いてきて、いつものように身をすり寄せる。おかしなものでこの猫は、志宣が哀しい時にばかり膝に乗りたがる。

「脅迫状を寄越したのは、やつらの宣戦布告さ。政治家に流す金を、何が何でも分捕りたいんだろう。そのために強攻策に出るつもりなんだ。素直に金を払わなかったら、危害を加えればいい。日本園が安全な場所でなくなれば、認可を得るのは難しくなるだろう」

「将英…君は何もかも知っていて…」

「警察を頼りたくはないが、俺達にだって限界はある。やつらは武器を持って堂々と押し掛けてくるが、こっちは警察のお陰で銃を所持してるだけで逮捕だ。それに俺の顔は、やつらにもう知られてるからな。下手に動けば標的にされるだけだ」

志宣は猫を抱き上げた。いつものように浴衣を着ていない。素肌には馴染まないのか、猫はちらちらと志宣を見上げて小さくみゃーと鳴いた。

「狙われてるのは本当なんだ」

「ああ、狙われてるぜ。セックスの相手も信用出来ないほど、毎日スリリングに暮らしてるよ」

将英は煙草をもみ消すと、ゴロンと布団に横たわる。すっと手を伸ばして、猫の背中を撫でた。

猫は将英を振り返り、あんたなんかが気安く触るんじゃないわよと、フーッと抗議の声をあげた。

「三毛ってことは雌か。気の強い雌猫だな。志宣には似合ってるが」

「気の強い雌猫と、優しいライオンだったらどっちの方が飼いやすいかな」

「そりゃ決まってる。ライオンは…どんなに優しくたってライオンだ。シーザーは飼われてるんじゃない。あいつは…俺が世話することを許してくれただけだ。帝王に相応しい扱いをしなかったら、いつだってあいつは牙を向ける。これまでしなかったのは…俺が敬意を示してるからだ」

「猫にだってプライドはあるよ。彼女だってただ飼われてるんじゃない。私達のために、ここにいてくれてるんだ」

二人は同時に見つめ合った。

言葉には出来ないが、その瞬間二人には、心の奥深く通じ合うものがあったのだ。

「将英…あまり寝てないだろう。今夜は安心して眠るといい。この家には、君の命を狙いそうなのはみーだけだ」

志宣は猫を降ろしてから、将英のために乱れた布団を直してやった。

「眠るまで抱いててていいか」

「…いつもは一人で寝てるんだろ。それとも…本当は誰かいるのかな」

思わず声が哀しげになる。

将英が誰かを抱いて眠っていると知るのは、今の志宣にとっては何よりもつらかった。

「いないよ…。腕に牡丹を彫ってくれるようなやつには、まだ巡り会ってない。いつかな…牡丹のついた腕で…誰かが俺に腕枕でもしてくれるかな…。それまで…生きていられりゃの話だが」

疲れたのか、将英の声は眠そうだ。

志宣は将英の隣りに横たわり、その頭を腕の中にそっと抱いた。

「今夜だけでも…ゆっくり眠るんだ。いい夢を見て…」

「いい夢か…。今は現実の方が…いい夢みたいだがな」

志宣の体に腕を回し、将英は静かになった。

逞しい体は弛緩して、規則正しく吐く息に合わせて上下している。志宣は将英のくしゃくしゃの髪を、優しく指ですいてやった。

「将英…どうして…君と巡り会ってしまったんだろう」

志宣の呟きを聞いたのは猫だけだ。

猫は脱ぎ捨てられた志宣の浴衣の上に乗ると、ようやく納得したのか丸くなって眠ってしまった。

日本ドームのすぐ横に、日本園遊園地がある。それ以外にもホテルやホール、室内型アミューズメントパークにレストランとたくさんの娯楽施設が併設されていた。

警備員も数多く常駐しており、警察官の巡回も多い。大きなイベントや野球の試合がある時は、さらに多数の人間が警備に当たった。

こんな場所で本当に犯罪を起こせるのか。

志宣は遊園地の入り口に立って周囲を見回しながら、あらゆる可能性について考えていた。だがどんな思いつきがあっても、それを志宣は誰にも言うことは出来ない。

捜査の担当ではないからだ。

将英から聞き出した情報を元に、担当刑事が香港のタレントの荷物を点検した。けれど航空会社の貸倉庫に保管された荷物の中には、何も危険な物はない。

ガセネタ、偽情報を掴まされたんだと非難されたが、志宣は将英を信じた。

警察の捜査が入るまで、あれからさらに二日が過ぎている。その間にいくらでも中から荷物を取り出せただろう。

変わらず志宣は、将英から情報を得るように指示されている。それだけが仕事だ。コンサート当日の会場警備に関しては、警備部と公安が仕切っている。所轄の一刑事には、日本ドームを救うなんて大きな仕事は任せられていない。

もちろんその合間に、これまでの捜査も引き続き行わなければいけなかった。ゲームセンターの金庫を襲った東南アジア系の窃盗団を追うのが、相沢と志宣の今の仕事なのだ。

志宣は遊園地とホテルの中間にあたる、レストランやショップの並んだ場所に設置されたベンチに座り、ぼんやりと辺りを見回していた。

将英は実行犯が現地の下見に訪れていて、ホテルにもやってくると確信している。どこかからすでに情報を得たのかもしれない。彼らのうちの一人でも確認出来れば、後は芋蔓式《いもづるしき》に捕まえられると思っているようだ。

そう言われても、志宣にはまだ実感出来ない。

国際的な犯罪者集団が、日本国内に入ることすら難しいと思うのは、志宣が警察官だからだろうか。

「安全神話か」

志宣は遊園地に向かう親子連れや、レストランが設置した戸外のカフェで、仲良く話し込んでいるカップルを見る。彼らはこんな平和な場所の裏側で、どろどろとした陰謀が企てられているなんて想像もしないだろう。

「どこかでお茶でもどうだね」

いきなり話しかけられて、真っ昼間から男をナンパかと志宣は不愉快そうに顔を上げた。

「葉山次長…」

そこにいたのは意外な男だった。ダークスーツ姿だが、隠しようもない警察官独特の雰囲気がある。どうしてこんな場所に葉山がいるのだろう。それとも葉山も捜査中なのだろうか。

「今はまだ勤務時間中だろう。それとも完戸と待ち合わせでもしているのか」

「いえ…」

待ち合わせは夜の七時になっている。それをあえて志宣は言わなかった。

「まじめな君にしては珍しいな。さぼりかい？」

「ゲームセンターに入った窃盗団を追っています。ここにも何か手がかりはないかと思って」

苦しい言い訳だ。正直、窃盗団の事件はもう投げている。相沢はまったく動こうとしないし、待っているだけでは入ってくる情報はほとんどなかった。

葉山はそれとなくホテルを示す。天井近くまでガラス窓になっているホテルのカフェは、涼しそうに見えた。

「行こうか」

立ち上がってついていきながら、志宣は自分にも公安の尾行がついていると確信した。信用して君に任せると言いながら、公安部は志宣を監視しているのだ。

ドームの屋根がよく見える席につくと、葉山は目を細めてうっすらと笑った。

「完戸は君のことを、気に入ったみたいじゃないか。早速情報を提供してくれたし」

「ですが、何も出てこなかったようですね」

「外れることもあるさ。それとも完戸はわざとガセネタを流したのかもしれない。君の関心を惹くためにね」

葉山の笑顔に、志宣は凍り付いた。二人の関係がおかしくなったと、すでに知っているような口振りだ。

「もう少し詳しい情報をいただけませんか。私の役目は、本当に完戸さんとの連絡係なんでしょうか」

「完戸は…何かしたか？」

「いいえ。非常に紳士的な方ですが」

「それで自宅にまで招待したのかい？　君は危険に対する認識が甘いんじゃないか」

やはり監視されていたのだ。

志宣の顔から血の気が引いた。

「完戸は確かにやくざとして組を旗揚げしたわけじゃない。表向きはただの実業家だ。だが完戸を育てたのは、東雲叡山。右翼では最後の大物と言われている男だ。今は右翼と言っても、やくざが便宜上政治結社を名乗っているようなところがほとんどだからね。裏で政治家をも動かせる男は、そうはいない」

「その情報は、今初めて伺いましたが」

「そうだったかな。それはすまなかった」

あくまでも葉山はとぼける。志宣は葉山の鋭い目つきや、傲慢ともとれるふてぶてしい態度に、ライオンを追うハンターの姿を重ねていた。

「東雲叡山の作った東雲塾ってのがあってね。そこでは若い男ばかりが、毎日鍛錬と学習をしながら暮らしてるんだ。女は…手伝いの人間さえも近づけない。完全に男ばっかりで暮らしてるんだよ」

葉山はいやらしくくくっと笑った。

「そのせいかなぁ。やつらみんなホモなんじゃないの。君が何もされなかったのは、奇跡だよ。完戸も警察官にはさすがに手は出せないか」

葉山はそうなることを狙っていたのだろう。

事実そうだった。

将英は自分の立場が不利になると知っていて、志宣を犯したのだ。おいしい肉片を目の前にぶらさげられたライオンのように、我慢できずにむしゃぶりついたのだろう。

「君も二十八だろう。そろそろ結婚して、お母さんを安心させてあげたら。娘の同級生でよければ、紹介してあげるよ」

それとなく葉山は志宣の表情の変化を窺っていた。お前も本当はそうなんだろう。あの男を見て、寝たいと思ったんじゃないかと言われているかのようだ。

「いえ…いろいろと家庭の事情もありますので…」

あんたなんかに、自分の下半身のことまで言われたくない。思わずそう言いそうになって、志宣は紅茶に口を付けた。

「完戸は…東雲叡山の後釜に座るつもりかな。どう思う?」

「…私にはそういった内部のことまではわかりません」

「政治家とどっかで連んでるんじゃないか。地検もやつのことはマークしている。脱税か大がかりな贈賄で、今にしょっぴいてやると鼻息が荒いが…その前に警察で逮捕したいよなぁ」

やはり葉山の目的はそこだったのだろう。警察と検察。同じ司法に携わりながら、二つの組織間には微妙なライバル関係がある。検察に逮捕されて、手柄を横取りされる前に自分達がおいしい実績をあげたいのだ。

狩る人間と、狩られるライオン。

どちらに味方するんだと言われたら、志宣は間違いなくライオンを逃がす方につくだろう。

車に乗り、武器を携帯して追うハンターは、それだけで猛獣に勝てると信じている。だが一対一の対決になったらどうだ。

葉山は個人では戦えない。

殴り合う強さも、スーツに包まれた体からはすでに失われたはずだ。

「和倉葉君。もっと深く完戸の懐に入れないか? うまくやったら、それなりのポストを保証するよ。あいつ…君に気があるんじゃないかなぁ。君の関心を惹くためなら、今回みたいにいろいろと情報を漏らしてくれるんじゃないか」

「出来ません」

志宣は一言で断った。

「何も寝ろとまでは言ってないよ」

葉山は困ったように笑ってみせる。

「やつに繋がりのある政治家とか、企業の名前さえ確認出来ればいいんだ。大学までは東雲塾から通っていたが、その後完戸は海外に出てしまって足取りは掴めない。二年前に舞い戻ったと思ったら、華々しくデビューだ。潰すんなら今だよ」

「なぜ彼を潰す必要があるんですか」

「それは…非合法なことをやってるからさ」

ライオンは獰猛な獣だ。だから狩れ。狩りつくせ。

そう叫んでいるハンターは、ライオンにも生きる権利を神が与えたことまでは考えない。

「和倉葉君。相手に同情なんかしたら、捜査は出来ないよ。警察官はある意味、常に非情でいないとな」

「……」

「我々は国民のために働いているんだから」

葉山はついに、無関係な警察精神論まで持ち出した。志宣の心がそれで左右されるようなことはない。葉山への不信感が、警察官としての正義感さえうち砕いてしまっていた。

「次長は私に、何を求めていらっしゃるんでしょう」

「完戸に信用させて、もっと情報を手に入れて貰いたい。東雲が入院している今が、やつを潰すチャンスなんだ」

自分の描いた逮捕劇に陶然となっている葉山は、一番肝心なことに気がついていない。

志宣の気持ちを、葉山はまるで考えていないのだ。

警察を裏切るとは考えていないのだろうか。

葉山を裏切ることによって失うものは、せいぜい仕事か出世だろう。

だが将英を裏切ったら、志宣は自分の想いを見失い、同時に母をも危険に晒すかもしれないのだ。

遅いよ、葉山次長。一番最初に、何もかも隠さず話してくれていたら、自分ももっと違った目で将英を見ていただろう。だけど今は、完戸将英という人間に惹かれている。あんたは順番を間違えたんだ。

志宣は冷たく笑うと、言いたかった言葉を冷めた紅茶とともに飲み込んだ。

日本ドームホテルの最上階にあるレストランに、志宣は約束した七時に訪れた。案内係の女性は、ステージ前の席に志宣を案内する。テーブルにはすでに数人の男達が席についていて、巨漢のエディが特別人目を引いていた。

「今夜はご招待いただきまして」

朝まで抱き合って眠っていたのに、そんなことはなかったかのように志宣は当たり障りのない顔を繕《つくろ》う。

スーツ姿の将英は、相変わらずネクタイを曲げたままで、髪も乱れていた。ネクタイを直してやりたい。むずむずする指先を抑えて、志宣は将英の隣りの席に座る。

灰皿から溢れた灰で、テーブルが汚れている。思わずポケットからティッシュを取り出して、志宣はテーブルを拭いていた。

「志宣…俺のスタッフ」

将英は男達を紹介する。目つきが鋭く、全身から独特の雰囲気を漂わせる男達は、どう見てもスタッフなどというありふれた呼び名でくくれるような連中に思えない。

彼らはもう将英と志宣の関係を知っているのだろうか。少なくともエディは知っているはずだ。彼が将英のプライベートをどこまで知っていて、どこまで人に話すのか志宣にはわからない。

「それでは…」

男達はいっせいに立ちあがった。どうやら将英のプライベートまで立ち入ることはしないようだ。

異様な雰囲気の集団が消えると、テーブルには二人だけになる。

将英は魅力的な笑顔を浮かべていて、くつろいだ様子だった。

「香港のタレントの荷物の中からは、何も出てこなかった」

志宣はまず報告をする。そして辺りを見回した。

静かに食事を楽しむ客の中に、やはり公安の人間は混じっているのだろうか。今も監視されているようで、志宣は安心することも出来ない。

「入管検査が終わった時点で、すぐに抜き出したんだろ」

将英はたいして驚いた様子もなかった。

「スイートルームが用意してある。今夜はそっちに泊まってくれ」

「何でわざわざホテルに？」

「例のタレントのスタッフが、このホテルに今夜泊まるからさ」

「それがどう関係してるんだ」

「やつらはスタッフのふりをして、本物のスタッフに紛れ込んでるんだ。そいつらをおびき寄せる。警察に教えてやってもいいがな。またガセだと疑われるだろ」

将英は注文したシャンパンが届くと、志宣にも飲めと勧めた。

「そこのステージに向けて、グラスをあげてくれ」

ステージにはピアノがあって、若くもない男が座っていた。二人がグラスをあげると、男は軽く頭をさげてピアノを弾き始める。

「この曲は『ライオンはねている』って曲さ」

軽快な曲に、将英は鷹揚に頷いてグラスを干した。

「俺が来ると、いつもあの曲を弾いてくれるんだ」

「それじゃあ、あの曲が流れたら君がいる証拠になってしまう」

同じようにグラスを干した志宣は、思わずまた周囲を見回していた。

敵は公安だけではないのだ。どこに将英の命を狙う男達が隠れているかわからない。

「警察の捜査が入ったからな。やつらも情報が漏れたことに、気がついてるはずだ。俺をなめてかかるからだ。俺は逃げないぜ。志宣にも、俺の話が嘘じゃないってとこを教えてやる」

「そんな…危ないじゃないか」

「危ない？　どこに隠れてるかわからないやつに、黙って狙われるより、先手を打つ方が危なくないんだぜ。俺はそうやって今日まで生き延びてきたんだ」

「自分の身を危険にさらしてまで…することなんだろうか」

「志宣だってしてるだろう。公安の葉山に、さっき何を言われた？」

将英はすでに昼間のことを知っていた。志宣は自分が二重に監視されていたんだと驚いた。

「ここでは言えない。もう誰も信用出来ないよ。いやな気持ちだな。自分の知らないところで、監視されてるなんて」

ステージでは、黒人のグラマラスな女性ヴォーカルが登場し、優しい愛の歌を歌っている。窓からは東京の夜景が広く見渡せ、点滅する様々な光が平和な夜を演出していた。

「どうだ、逆に張り込まれた気分は。張り込みは警察の得意分野だろ」

「まだまともな張り込みなんてしたことない」

「刑事のくせに張り込みもしたことないのかよ」

将英は笑うと、さらにシャンパンを志宣のグラスにも注がせた。

「命まで懸けて…それで君は何を手に入れるんだろう。金？　地位？　名誉？」

「そんなものは結果さ。俺は別に東雲のじじぃや真島のために犠牲になっているんじゃない。男として一生の間に何がどれだけ出来るのか、楽しんでるだけだ」

「楽しいのか？　こんなことが」

「俺は勝つことしか教わってないんでね。勝てれば楽しいさ」

何も注文しなくても、シェフ自慢の料理が出てくる。将英はそういう待遇を、当然のように受け入れていた。けれどそれは上客としての待遇だ。真島の御曹司としてではない。

ここは将英の実父が経営するホテルなのだ。本来なら経営陣に名前を連ねてもよかったはずなのに、あえてそれを望まなかったのは、将英の野望は実はもっと上にあるのかもしれない。いずれにしても、志宣とはまったく違う世界の話だった。

「料理が気に入らなかったら、すぐに言ってくれ。違うものを用意させるから」

「シェフに対して失礼だ。ゲンゴロウの唐揚げ以外なら、何でもいただくよ」

洒落た前菜の後に、伊勢海老のグリルが登場する。

将英はナイフとフォークの使い方も下手だ。

志宣は思わず手を出して、海老を食べやすいようにしてやった。

「将英、不器用だな」

「志宣が細かすぎるんだ。俺は別に王様と飯食ってるんじゃないぜ」

「たかが公務員相手でも、マナーはマナー。またネクタイ、きちんと締めてない」

「怒るなよ。そんなことで」

将英は、んっと首を突き出す。志宣は思わずナイフとフォークを置いて、将英のネクタイを直してやった。

「…将英。公安が私にもついた…。もう個人的に会うのは、控えた方がいいと思う」

料理に戻りながら、志宣はさらりと言った。

「こうしている間も、彼らは私達を監視してるんだろう」

「いいじゃねぇか。見せつけてやれ」

将英は鼻先で笑う。本当に公安の存在など、意にも介していないようだ。

「まずいよ」

「だったら警察なんて辞めちまえ。俺が一生面倒みてやる。それでいいだろ」

「そういう問題じゃない。逮捕なんて…されないで欲しいんだ」

「可愛いこと言いやがって」

照れたのかわざと視線を外しながら、酒に強い将英はさらにグラスを重ねた。

あまり酒は強くない志宣は、もう赤くなった頬を恥じてそれ以上飲めないでいる。

「何かリクエストしてやろうか」

将英はステージを示した。

「いや…いいよ。曲なんてそんなに知らない。考えてみたら、私は面白味のない男だな。世の中のこともあまり知らないし…こんなセンスもない。将英、そろそろ退屈に感じてきただろう?」

思わず弱気な発言をしてしまった。将英はそれを非難することもなく、ただ静かに微笑むだけだ。

「もっといろいろ勉強しないといけないな」

「そうだ。勉強した方がいいぜ。世界は広いんだ。見える場所だけが、世界じゃない。見えない場所もあれば、行けない場所もある。だからおもしろいのさ」

おもしろい。そんなことがこれまでどれだけあったのだろう。

志宣は思いを巡らせる。

これまで生きてきて、将英と知り合ったここ数日ほど、波乱に満ちた時間はなかったように思えた。確かに世界にはおもしろいことがたくさんあるのだろうが、それよりもたった一人の人間が、これほどまでにおもしろいのだということさえ、志宣は知らずに生きていたのだ。

食事を終えて部屋に向かう。

用意された部屋はプレジデンシャル・スイートルーム。その広さに志宣は呆れた。

十人は座れる会議用の大きなテーブルがあり、ミニキッチンまで用意されている。

ピアノが置かれたリビングルームには、多人数で座れるソファとテーブルがあり、花活けには高価な蘭の花が飾られていた。

キングサイズのベッドが二つ並んだ寝室。浴室は広く、バスタブはジャクジー付きで、サウナまで完備している。

「ここで何をするんだ…」

「別に、いつもと同じだろ。することっていったら決まってる」

将英はスイートルームを案内して歩きながら、ちらっと意味ありげにベッドを見る。

「俺の家に比べたら狭い。やるだけの部屋みたいで、悪いと思ってるよ」

「確かに君の家は…普通じゃないけどな」

「真島に言ってやりたいよ。こんなんで豪勢なスイートルームを作りましたなんて言うなってな。

真島の欠点は、視点がいつも庶民止まりなんだ。カジノをここで本格的にやるつもりだったら、俺なら全室スイートルームの豪華なホテルを建てるがな」

庶民よりは少しはハイクラスの生活をしている志宣だったが、将英のセンスはあまりにも上を目指しているようでよくわからないままだ。

「これでも充分に豪華だよ」

「機能的なのと豪華は違うだろう。遊びに必要なのは、非日常の演出だよ。国内でそれが充分満たされるなら、海外に行く時間のない連中は、喜んで国内で金を使うだろう。大切なのはいかにうまく夢を見させるかだ」

将英は実業家の顔をしている。

大きな目標を抱いている男を見ていると羨ましい。志宣には何もないのだ。出世したいという欲はない。あるのは職務を忠実に行って、達成感を手に入れたいという欲だけだ。

「日本に本格的なカジノを作る。着眼点はいいがな。真島のセンスは古い。俺だったら…」

将英はそこで押し黙り、全面窓ガラスの窓際に寄って、眼下に広がる東京の夜景を見下ろした。

黙って煙草を銜えて立つ姿は、実に魅力的だ。志宣は思わず見とれてしまったが、そんな表情が窓ガラスに映ってしまったことまでは気がつかない。

「俺の…牡丹はどこにいるんだろう」

将英はガラスに映った志宣を見つめて言う。

「白い綺麗な肌に、牡丹を彫ってくれるような男さ。その腕で、俺の背中の獅子を優しく抱き締めてくれるような男は…いるんだろうか」

「どうして男なんだ。女だっていいのに…」

「男がいい。ちょっとこうるさくて、やたら生真面目で、綺麗な顔をしてるのに、平気でライオンと寝るような男だったらな」

志宣もガラスに映った将英を見つめた。君は…夢を見てるだけだ。もしどこかにいたとしても、まだ巡り会っていないんだ」

「そんな男はどこにもいないよ。君は…夢を見てるだけだ。もしどこかにいたとしても、まだ巡り会っていないんだ」

言った途端に、志宣は視線を外す。

甘い夢を見られない自分を、哀しく思いながら。

「そうか…そうだよな。夢か…」

将英は何もなかったかのように煙草を灰皿に押しつけると、携帯電話を取り出してメールを確認する。そして一人で頷いた。

「ちょっと出てくる。志宣はここにいろ。風呂からの眺めはいいぜ。一人でゆっくりと入るといい」

「将英、どこに行くんだ」

「ん…まぁな。狩りの時間だ。つまんねぇハイエナを狩り出す」

それだけ言うと、将英はさっさと部屋を出ていってしまった。

志宣は広い室内に一人残され、することもなくソファに座る。本当に風呂に入るぐらいしかすることはなさそうだ。

「しょうがないさ。住む世界が違いすぎる。猫は…サバンナには住めない…」

座ったと思ったらもう立ち上がり、志宣は豪華なジャクジーのついたバスルームに入った。

湯を満たし、東京の夜景を見下ろしながら泡立つ湯の中に体を沈める。

男にしては色白で、きめの細かい肌を持つ腕を見つめた。

そこに華やかな牡丹の図柄を思い浮かべる。

そんなものを彫ったら、二度と元の生活には戻れない。母と猫と暮らす、穏やかな日常に還れなくなるのだ。

「これは愛なんかじゃない…。夢ですらない。あんなによかったセックスのせいで、勘違いしてるだけだ」

キーバタンと鳴る、木戸の音を思い出す。懐中電灯のゆらゆらと揺れる光を思い出した。

欲望を満たすために、男は闇夜に坂道を下る。

なぜかその顔は、父ではなく将英になっていた。

「現実的じゃない。しっかりしろ、志宣。もう夢を見ていられる子供じゃないはずだ」

志宣は自分の腕で体をしっかりと抱き締めた。

「事件が解決すればすべて終わる。何もかも元通りになるんだ」

ざわめく署内を思い出した。相沢はどうせ来年で定年だ。新しくコンビを組む相手は、もう少し働き者のやる気のある男がいい。

毎日を善良な市民のために働く。事件を解決して、この国にはまだ司法が生きていると、人々を安心させてあげるのだ。

そうすればすべて忘れられる。

ライオンがいる温室も、迷路のような広い家も。そこに住む、どこか影のある美しい男のことも。

恋した事実さえも、志宣は忘れてしまいたかった。

教えられた肉体の喜びも、封印して二度と開かないつもりだ。

この先一生、男なんかと寝るもんかと志宣は決意を固めた。

長く浸かりすぎた。志宣はよろめきながらバスタブを出ると、真っ白なコットンのバスローブに身を包んだ。

下着もつけずに、そのまま寝室に入る。テーブルの上には、アイスペールに入った氷とミネラルウォーターが用意されている。氷を浮かべた水のグラスを手にすると、志宣はキングサイズのベッドによじ登り、ぼんやりとしていた。

その時インターフォンが鳴った。将英はルームキーのカードを持っていないのだろうか。素足のままドアに向かうと、インターフォン越しに相手を確認した。

「ルームサービスでございます」

「何も頼んでいないけど」

「完戸様のお部屋にシャンパンをとのことでしたが」

「そう…」

将英はすぐに戻ってきて、部屋でまた飲み直すつもりだろうか。志宣はバスローブ姿で恥ずかしいとは思ったが、ドアを開いてワゴンのそばに立つボーイを確認した。

ワゴンにはワインクーラーに入ったシャンパンが見える。志宣はワゴンがとおりやすいように体をずらした。

「そちらにお持ちしますから」

ボーイはリビングルームを示す。言われた通り先にリビングルームに入っていった志宣は、ドアが閉じたと思ったら、複数の男達が同時になだれ込んできているのに驚いた。

「なっ…」

言葉も出ない。

志宣はクロゼットにしまった自分のスーツを思い出す。警察手帳は車の中だ。銃なんてものは当然携帯していない。手錠も警棒もない。戦う道具は何もなく、国家権力の後ろ盾もなく、バスローブの下は裸で、屈強な複数の男相手に戦うのは不可能に近かった。

ノーネクタイで黒っぽいスーツに身を包んだ男が、素早く志宣の腕を抑える。と思ったら、後頭部にひんやりとした銃口が突きつけられていた。

「他に誰かいるか」

イントネーションのおかしな声で、男は志宣に尋ねる。志宣は小さく首を振った。

慣れた様子で男達は、銃を手に部屋の中を警戒しながら調べていた。

『レストランにいたのはこの男か？』

仲間なのか、ボーイの恰好をした男に中国語で尋ねる。

『そうです。完戸とレストランでいちゃついてた』

「完戸の愛人か？」

今度は志宣に日本語で聞いてきた。

「違う…」

志宣はまた小さく首を振った。

「ケガしたくなかったら、おとなしくしてろ」

男は志宣のバスローブの襟首を掴み、銃を突きつけたままドアの正面に立った。男達は全員それにならって、ドアに向かって銃を構える。

『おかしな趣味だ。完戸はこんな男が好きなのか？』

『プロのおかまはテクニシャンだって言う。こいつ、きっとしゃぶるのが特別うまいんだろ』

げらげらと男達は笑う。志宣に意味は通じていたが、わざとわからないふりをしていた。

「ハウマッチ？」

男はわざとバスローブの前を開き、志宣のそこをみんなに見せながら言った。

「えっ…」

「全員の相手をするといくらだ？」

いやらしい笑いを浮かべている。志宣は脅えたように視線を床に向けて項垂れた。

「待ってる間、一仕事するか。金ならある」

銃を持った手で、男は志宣の体をそれとなく触った。屈辱に耐えて、志宣はじっと床を見つめる。

「完戸は大きいか？　ああ、それともベッドでは女役か」

「知らない…あの人の相手は…今夜が初めてなんだ」

志宣はあくまでも、相手の誤解に合わせていた。

警察手帳や手錠を持っていなくてほっとした。彼らは志宣が刑事だと知ったら、顔を見られたことでその場で志宣を射殺したかもしれない。

もちろん男娼と誤解されたままでも、命の保証があるわけではない。今の彼らにとっては、志宣はそれこそゲンゴロウ以下の存在なのだ。

ドアの外で、誰かの歌声が微かに聞こえた。英語で『ライオンはねている』を歌っている。ファンキーなあの歌声はエディだ。

全員が安全装置を外して銃を構えた。照準はドアに向けられる。

「おとなしくしてろ」

男はまた強く志宣の襟首を掴む。あくまでも志宣を楯代わりにするつもりらしい。

ルームキーが差し込まれる、カチャッという音が響く。

志宣はその瞬間、銃を手にした男の腕を押さえて、柔道の投げ技をかけた。

そして大声で叫ぶ。

「入るなっ、狙ってるやつがいるっ！」

男はふいをつかれて、見事に回転して床に沈んだ。仲間の男達は一斉に銃を志宣に向けたが、志宣は自分の投げた男に組み付いたままなので、下手に男達も撃つことは出来ない。

ドアは開かなかった。

将英は咄嗟に逃げたのだ。

ほっとした瞬間、志宣は腹を思い切り殴られていた。

『おかま野郎っ！』

中国語で罵倒すると、男は落とした銃を慌てて拾い、志宣の頭に突きつけて引き金を引こうとしていた。

撃たれる。これで終わりだと志宣は覚悟を決めて、目をしっかり閉じた。

『玉砕覚悟か』

その時会議室のテーブルのある方から、将英が姿を現した。手にはすでにワルサーを構えている。背後からなだれ込んできた、将英がスタッフと呼んだ男達の手にもそれぞれ銃があった。

『相撃ちだぜ。どうする？』

慣れた様子で中国語で話しながら、将英は志宣に銃を突きつけている男の頭部をしっかりと狙っていた。

『ここのスイートルームは、ドアが幾つもあるんだ。リサーチ足りねぇんじゃないの』

投げられた男は立ち上がり、志宣のバスローブの襟首をまた掴んで立たせると、きっと将英を睨み付ける。

全員が銃を手にして、緊張の面持ちで睨み合っていた。

襲った方は六人。

将英の方は五人。

だがどちらが有利かはこの状況では判断出来ない。

『可愛い男なんだろ。こいつを撃たれたくなかったら、銃をしまいな』

男は志宣の口に銃を突きつけて、無理やり先端を中にねじ込んだ。

「二度と男のものをしゃぶれなくしてやろうか」

志宣には中国語はわからないと思っている男は、日本語で最悪の言葉を言った。

『そいつを人質にしても無駄だ。金で買った男だぜ。それより下手に頭を吹っ飛ばされたりしたら、ホテルに払う金の方が高くつく』

将英は心底迷惑そうに言った。

話を合わせたわけではないのに、うまく合っている。志宣は脅えたように泣き声を上げてみせ、助けてあげたのにそれはないよと、銃を突っ込まれた口で悲痛な声を上げた。

『こいつは一晩幾らだ？』

男はあざ笑うように言う。

『この部屋と同じ値段さ。俺は高級品が好きなんでね』

『倍払ってやるから、譲ってくれ』

『いやだね。まだ味見もしてないのによ。譲ってやったら、なぶり殺しにするつもりなんだろ。もったいねぇ。活きがいいのに』

将英は笑いながら、銃を構えたままで部屋にさらに踏み込んだ。

『どうする。ここで派手に撃ち合いをやってもいいがな。勝ち目のない勝負で、命落としてもいいのか』

『そっちも死ぬ』

『馬鹿だな。俺達はドアのすぐ近くにいるんだぜ。お前達は部屋の奥だ。ここは四十二階。窓も開かない。どうやって逃げるんだ』

その時、エディがいつもの踊るような足取りでずいっと将英の体の前に立ち塞がり、両手を胸の前で組んで堂々と構えた。

『わかるだろう。こいつの体は、9ミリ弾程度じゃ貫通しないぜ。俺をやれないんなら、何の意味もないはずだ。一分だけ逃げる時間をやる。その間にさっさとここから出ていけっ!』

『くそっ!』

男は出口と将英を見比べている。志宣は男の注意がわずかか逸れた隙に、バスローブの紐を解いて脱ぎ、裸のまま一気にエディに向かって走り寄った。

エディは大きく腕を広げて、走り寄った志宣を抱き留めると、素早く自分の体の中に志宣を隠した。

男の手にはバスローブだけが残っている。襲撃者の連中が反射的に銃を志宣に向けたが、誰かが引き金を引いたら、全員の銃がいっせいに火を噴くのは分かり切っていたので、先に撃つ勇気は誰にもなかった。

パニックになった一人が慌ててドアに向けて走り出す。すると残った男達も走り出した。

最後に残ったリーダー格の男は、ずっと銃を構えて踏ん張っていたが、ついに耐えきれず走り出していた。

映画やドラマでは、悪人も果敢《かかん》に戦う。けれど現実は、やはり皆命が惜しいのだ。リーダーが逃亡を許さなくても、さっさと逃げ出す小心者が必ず混じっている。

「追いますか」

将英の部下の一人が、ドアの外で言った。

「距離を置いて追え。ホテルの客を人質にして騒がれても困る。お前らも警備員と警察に目をつけられるなよ」

指示を受けると二人の男達が走り出す。部屋には将英と、エディ。それにもう一人の部下が残った。

将英と部下は銃を手に室内の点検に走る。

「何か仕掛けた様子はなかったか」

叫ぶようにして将英は聞いていた。

「仕掛ける時間なんてなかった。全員が…この部屋にいたよ」

志宣は自分を抱き締めてくれていた、エディの太い腕をぽんぽんと叩いた。

「ユーアーオーケー？」

外見とは似つかわしくない優しい声で、エディは聞いてくる。

「オーケー。アイム、クール」

志宣は笑ってみせた。エディにはもう裸を見られている。裸は恥ずかしくはなかったが、人質にされたことは恥ずかしかった。

戻ってきた将英の手には、真新しいバスローブが握られていた。それを将英は裸の志宣の肩に着せかける。

「傷ついたか？」

抑揚のない声で将英は聞いた。

「これくらいどうってことはない」

殴られた腹が少し痛み、無理やり銃をねじ込まれた唇の端が少し切れていた。志宣は手のひらで唇を拭い、真新しい血の色を確認する。

それ以外どこも傷はなかった。

「体のことを言ってるんじゃない…。心が…傷ついただろ」

感情を抑えているのだろう。将英の言い方は実に素っ気ない。

「…なんで…こんなことで傷つくはずないだろ。私は、警察官だ。緊急時に冷静に対処出来るように訓練を受けてる。どうってことないよ」

「俺のせいで…すまない」

将英は志宣のバスローブの紐を結んでやると、そのまま志宣を強く抱き締めていた。

「ウリセンのボーイみたいに扱った…」

すまなそうに将英は言う。志宣は将英の肩を叩き、笑顔で答えた。

「高級品扱いをしてくれて嬉しかったよ。エコノミークラスじゃ傷ついたかもしれないな。この部屋が一晩幾らか知らないが、私の月収近くはいきそうだ」

そんなことはちっとも気にならない。それよりも志宣は、将英の危機を救えたことが本当に嬉しかったのだ。

「やつらの動きが思ったより早かった。先回りされるとはな。俺の失点だ」

「ルームサービスだって言われて、疑わずに部屋に入れた。失点は私の方だよ。ホテルのボーイの恰好をしていたし、ワゴンも引いていた。君が注文したんだと思って、疑わなかったんだ」

志宣は置かれたままのワゴンを見る。エディは早速シャンパンを取り出して、ラベルの確認をしていた。

「将英の足手まといになってるな。謝るのは私だ。思慮が足りなかった。すまない」

「馬鹿野郎…命懸けで人を助けておいて、謝ったりするな」

将英は志宣の切れた唇の端に、そっと唇を重ねた。そして思い詰めたように言った。

「今夜はこのまま帰れ。駐車場までエディに送らせる」

「必要ない。帰れと言われれば帰るが…。将英を守れるなら、ここに残りたい」

それは志宣の本当の気持ちだった。命を狙われているとは聞いたが、やはり目の当たりにするとつらいものがある。

自分の知らない場所で、将英が撃たれたりしたらと思うと、離れてしまうのが怖かった。

「お前になんか守ってもらわなくても、俺にはこいつらがいる。悪いが…邪魔なんだ」

将英は冷たく言って志宣を突き放した。

「どうして。一人でも多い方が有利だろう」

「お前じゃ役に立たないっ！　そんなに情報が欲しいんなら、後から全部警察に教えてやるから、さっさと服を着て帰るんだっ」

「ヘイヘイ、ボース」

二人が熱くなっている間に、エディは巨体をずいっと挟み込み、両方の肩を優しく抑えた。そしてくいっと顎で寝室を示す。

エディはまず志宣を、レディをエスコートするように寝室に導いた。続けて将英に、痴話喧嘩ならそれに相応しい場所があるだろうと、目で示して追い立てる。

将英はしばらく迷ったが、寝室のドアを開いて入ると、乱暴にドアを閉めた。

「エディはいつからあんな気配りをする男になったんだ」

わざと聞こえるように大声で言ったが、リビングではもうテレビがCNNのニュース番組を流している。

「クロゼットはそっちだ。志宣、着替えてママの所に帰りな」

「いやだ」

「何意地になってる。どうしてそこまでするんだ。それともお前…警察のスパイなのか」

「違う。心配なんだ。それだけの理由で、ここに残ったらいけないのか」

志宣は自分が意地になっているとわかっていた。役立たず扱いされたのが、やはりショックなのだ。志宣としてはあれだけ頑張って将英を助けたのに、そのことで男として評価されないのが何よりもつらかった。

「心配…じゃあ俺は、何も心配しないとでも思ってるのか。お前の口に銃口を突っ込まれて、俺が平気だったとでも思ってんのかよ」

「……」

「頭、吹っ飛ばされてたかもしれないんだぞ」

苦しそうに将英は言った。

やはり部下の前では、将英も弱気な顔は見せられない。エディの気配りは正しい。二人きりになって初めて、将英は本音を告げていた。

「恐怖を感じないことを、強いことだと勘違いするな。俺にはお前が死にたがってるようにしか思えない。やくざの鉄砲玉と同じだ。やつらは敵を倒してから自分も死ぬことで、男をあげられると勘違いしてる。本物の勝者は生き残れるやつらなんだぜ」

志宣は黙って俯いた。

将英の言葉は、ある意味当たっているのかもしれない。どんな状況になっても、たとえライオンと寝ることになっても、志宣は本当の恐怖を感じなかった。

唯一怖いのは、将英が殺されてしまうことだけだ。

電気を消した寝室からは、夜景がことに綺麗に見える。窓からはライトアップされた東京タワーと、独特の形をした武道館。それに電車がひっきりなしに出入りしている駅がよく見えた。

「志宣は…自分が生まれたのがいけないなんて思ってんじゃないか」

「そんなことはない」

「あるだろう。俺もガキの頃はそう思ったぜ。俺達は似てる…。変な育ちをしてるからな」

志宣はベッドに腰掛けた。将英の言葉が心に残って、思考がぐるぐると回る。立っているのがつらくなっていた。

「望まれないガキだったからって、だからどうなんだ。楽しんで生きる権利はあるぜ」

「そんなことはわかってる。だからこそ将英に生きて欲しいから…」

「自分はどうなんだ。俺が、目の前でお前の頭をふっとばされて、その後、どうやって生きてくかか考えたか」

「…将英…」

将英は窓に向かって立つ。そして煙草を銜えて火を点けた。ちょっと前にしたことと、また同じことをしている。灰皿にはまだ、以前の吸い殻がそのまま置かれていた。

「ここまでだ…志宣。お前は俺の牡丹じゃない…。命を分け合う、運命の相手じゃないんだ。おうちに帰りな。素敵なママのところに」

「捜査協力の条件は…」

「そんなもん、やりたいだけの口実だってのはもうわかってるだろ。情報が欲しけりゃ、好きなだけくれてやる。だがお前の命まではいらない。帰りな」

志宣は両手で顔を覆うと、強く目元を抑えた。

泣きそうなのがわかっている。

志宣にとって人前で泣くのは、最高に恥ずかしいことの一つだった。

「死んでも…悲しんでくれるのは母だけだと思ってた。将英、ありがとう。こんな私でも、君を悲しませることが出来るんだと思ったら、嬉しかったよ」

立ち上がって着替えて、ここを出ていく。それだけのことをするのに、志宣には決意の時間が必要だった。

はっきりと志宣は自覚してしまったのだ。

将英を愛してしまったと。

「そうだな。将英の言うとおりだ。私は、誰かのために、死にたいと思ってたのかもしれない。それで自分が無意味な存在じゃなかったと、安心したかったんだ」

父が志宣に愛情を寄せた期間は短かった。なぜなら兄に、続けて二人の男の子が生まれたからだ。息子が一人しかいなかった時は、後継ぎの不安もあったのだろう。志宣をそれなりに大切にしていた父も、孫の顔を見た途端に遠ざかった。

この世に生まれた存在意義。

志宣はいつもそれを探していたように思う。誰かのために死ねたら、それで意義はあったんだと許されるように思っていた。

将英に教えられて初めて、志宣はこれまで自分が何も恐れなかった意味を理解したのだ。

「いつまでもガキみたいにいじけてんじゃねぇよ。俺はな…乗り越えたんだ。どうやったと思う？」

「さぁ…」

「いつか真島の地位を奪う…。真島の持っているものを、すべて奪い取ってやる。やつが病院のベッドで寝てる頃には、俺が日本のどこかで華々しくカジノを開いてるさ」

「そうか…それは素晴らしいよ、将英」

自分を道具のようにしか扱わなかった父親に、将英は復讐するために生きている。目的の実現が難しければ難しいほど、将英は長く生き続けないといけない。

存在意義なんかで悩んで、人生を無駄遣いしている時間はないのだ。

「将英のためにも…コンサートは無事に終わらせないと」

立ち上がり、バスローブを脱ごうとした途端に、志宣は目眩に似た感覚に襲われた。泣きたい自分を抑えるのが、こんなにつらかったことはこれまでない。志宣は思わず自分の腕をさすり、そこに幻の牡丹が花開いているのを想像した。

「行かないと…迷惑になる。警察情報を教えてあげられればいいんだけど、生憎とそんな主要ポストにいなくて…」

普通に話をして、何もなかったように出ていこう。そう思ってクロゼットに向かおうとした志宣は、将英に抱き戻されて戸惑った。

「…志宣…」

将英は志宣を強く抱き、唇を奪う。

近寄れば遠ざかり、逃げようとすれば近付く。まるで庭先に捨てられた子猫みたいだと、志宣は愛しさを込めて将英を強く抱いた。

「言わないのか…」

「何を…」

　答える間もなく、唇はまた塞がれる。志宣は将英の顎に触れ、やっぱりこいつ、髭を剃るのも本当に下手だと思ってしまった。

「言えよ…」

「…何を…」

「言わないままで…俺の前から消えちまうのか」

「……」

　帰れと言ったのは自分じゃないかと、志宣は抗議の意味も込めて強く舌を吸い込んだ。

　嘘つきな将英の唇。本当は将英だって、志宣と離れてしまいたくはないのだ。

「命まで懸けておきながら…どうして何も言わない」

「言ったら…帰らない。帰らなくていいなら…」

　その言葉を口にしたら、もしかしたら二度と後戻り出来ないのかもしれない。けれど銃を突きつけられた時に、あっさりと引き金を引かれていたら、将英にその言葉を聞かせることも出来なかったのだ。

「将英が好きだ。どうやら君を…愛し始めてるみたいなんだ」

「素直じゃねぇんだから。それを先に言えよ」

「これで帰らなくてもいい？」

「その代わり、二度と俺のそばから離れるな。俺が守ってやるから」

そんな言葉を聞き出したいばかりに、将英は志宣を追いつめたのだろうか。

将英にしても、どうして志宣が命まで懸けて自分を守ろうとするのか、本当の理由を確認したかったのだろう。

「コンサートまでにやつらを追いつめる。あんな思いはもう決してさせないから」

志宣の傷口を将英の手がそっとなぞった。

「俺さえまだ突っ込んでない口に、あんなもん押し込みやがって」

無理やり志宣の口を開かせ、そこに将英は太い指を入れてくる。乳を吸う子猫のように、ちゅうちゅうと志宣は吸ってやった。

「鉄の味がまだ残ってるか。俺ので綺麗にしてやろうか」

今頃になって将英は、志宣がされたことを思い出して腹を立てている。笑うに笑えない。綺麗にしてくれなんて言ったら、将英の大きなものを口に含まないといけなくなるのだ。

「その前にすることがあるだろう。ここを襲った連中を、どうするつもりなんだ」

気になっていたことを質問する。将英の部下は戻っていない。まだ追跡は続いているはずだ。

「欲しいか?」

「欲しいって?」

「警察が欲しいんなら、明日までにやつらを御茶の水署に届けてやる。全員とはいかないかもしれないがな。そっちがいらなけりゃ、こっちで始末する」

「始末って…」

「それ以上は何も聞くな」

「それなら欲しい。ぜひ欲しい。彼らを譲ってくれっ」

志宣は力一杯懇願した。

たとえ自分に銃を向けた相手でも、司法の手を経ずに裁かせるわけにはいかない。

志宣の立場は今はまだ警察官なのだから。

「残念だな。準備して待っててくれたのに、ハイエナ狩りをしてるスタッフをほっといて、俺だけ楽しむわけにいかない」

将英は志宣の胸に触れて、乳首を軽くつまんだ。

「俺といると、またあんな目に遭うかもな。それでも一緒にいるか」

「自分のことは自分で守る。足手まといになるつもりはないよ」

志宣はきっぱりと言い切った。

「だが私が刑事だってことも忘れないで欲しい。余計な情報は聞かせないでくれ。もし情報が漏れた時に、疑われたくないんだ」

「自信ねぇな。俺はベッドで何喋ったか、一々覚えてねぇ」

二人は同時にベッドを見る。

男四人が寝られそうなベッドは、二人が横たわるのを誘っているかのようだ。

「ここを出た方がよさそうだ。刺激が強すぎる」

「着替えるが、帰るつもりはないからな」

志宣はしつこく言った。

「こんなことになるんなら、着替えのシャツと下着を車に積んでおけばよかった。ああそうだ。靴下もない。どうしよう。コンビニは…」

「何だ、お前。男が一日や二日、同じ靴下履いたからって、どうってことねぇだろ」

「…汚いじゃないか」

「……エディ。コンビニ探して、志宣のパンツと靴下買ってこいっ」

寝室のドアを開くと、将英は叫んでいた。

だがエディはシャンパンを開けて、瓶に直接口をつけて一人で呑んでいるところだった。

「エディ…やつらの忘れ物だぜ。毒が入ってるとか考えないのか」

「ドン・ペリニヨン。ナーイス」

気にもならないのか、エディはあっという間に一本を空けてしまった。

翌日、三名の拳銃不法所持の中国人が、手足を粘着テープでぐるぐる巻きにされた状態で、御茶の水署の近くに放置されていた。

警察に保護されても彼らは何も喋らない。余計なことを喋ったとわかったら、自国に強制送還された時に、今度は仲間から制裁を受けることになるのだ。日本で刑を受けるよりも、もっと恐ろしいのはそっちの方だった。

志宣も当然彼らの事情聴取に狩り出された。ホテルにいたことがばれたらまずいと普段はしたこともない眼鏡をしてみたが、彼らは志宣があの夜銃口を向けられていた男だとは、考えもしないようだった。

コンサートの前日になっても、手がかりは何も掴めない。明日は最大の警戒態勢を取るように休日出勤まで命じられたが、文句を言っているのは相沢ばかりで、志宣は焦りを感じていた。

定時に帰ろうとした志宣は、署の入り口で葉山に呼び止められた。そのまま小会議室に連行される形になった。葉山は今日は一人ではない。紺色の地味なスーツを着た、特徴のない男を伴っていた。

「わざわざ私が出向いた意味はもう判ってるだろう?」

葉山は不愉快そうだ。志宣が何も有益な情報をもたらさないからだろう。

「和倉葉君。君には失望した。金でももらったのか。それとも…言いたくはないが完戸との間に何かあったのかね」

志宣の動きなど何もかも知っているだろう葉山は、嫌みったらしく聞いてくる。

「君…完戸の家に頻繁に行ってるな。彼はまだ広域暴力団の一員として認定されたわけじゃないが、君の立場的にどうだろう。親しくなりすぎているんじゃないか」

「懐に入り込めとおっしゃったのは葉山次長ですが」

志宣は挑戦的に答えていた。

「拳銃を持ったまま、保護されたやつらは何なんだ。君…本当はもっと何か知ってるんだろう」

「いえ…。知りません。何か一つでも供述を引き出そうとしてますが、彼ら喋らないんですよ」

志宣は早く帰りたいと態度で示す。本当は家に帰るのではない。日本園で将英と待ち合わせていた。

「完戸のことも、何も情報が入ってこない…。がっかりだよ。あれだけ頻繁に出入りしているのに、何も情報を引き出せないはずはないだろう」

「お耳に入れるようなことは何もないんです」

「そうかな。和倉葉君。このままでは警察の内部調査を受けることになるぞ」

何を焦っているのか、葉山は志宣を脅している。

親しくなってでも情報を引き出せと言いながら、志宣が思った働きをしないとなったら今度は逆に脅すのだ。

そのやり口の汚さに、ついに志宣も言ってはいけない一言を口にしてしまった。

「内部調査ですか。構いませんよ。私の推薦人の名前の欄に、現総監がいらっしゃることをお忘れにならないでください。父と現総監は個人的に親しい間柄です。これまでは、そのことを口にするのも失礼だと黙っておりましたが…」

警察官になりたいと言ったら、父は警視総監の紹介状を取り付けた。何事も表面上は華やかなことが好きな父は、自分の顔がどんなところにも利くと示したかったのだろう。

当時はそれを迷惑にしか感じなかった。愛してる息子でもないのに、余計な口だしをしないで欲しいと思ったが、今はそう思わない。

将英から学んだ。利用出来るものは、何でも利用して勝ちにいく。

直接の上司でもなく、庶民の代表とはとても思えないような、権力志向の葉山の言いなりになるのはたくさんだった。そのために父を利用するのなら構わない。

「和倉葉君、いい気にならない方がいい。本庁付けの通訳あたりが、君には一番相応しいんじゃないか」

思わぬ反撃に遇って、葉山の声は微かに震えている。まさか総監の名前まで持ち出すとは、予想もしていなかったのだろう。

「刑事課に配属されてまだ二年です。まだまだ不勉強で申し訳ありません」

志宣は形だけ頭を下げる。

「葉山次長。…もしカジノが認可されたら…どうなるとお考えですか」

顔を上げながら、志宣は試すように聞いた。

「ありえんだろう。やくざと政治家を太らせるだけのような法案が通るもんか」

「けれど国が監視するという名目で、新たにカジノ協会が設置され、そこに警察ＯＢが天下るようなことになったりはしないでしょうか」

志宣はとんでもない切り札を突きつける。それにはさすがに葉山も押し黙った。

「いろいろと世間では言われているようですが、警察関係者の退職後の就職先として、カジノ協会はもっとも相応しいようにも思いますが」

「どこでそんな情報を手に入れた」

「いえ…私なりの推測です。今回のことではいろいろと勉強させていただきました。たかが所轄《しょかつ》の一刑事に、勉強の場を提供していただいて、葉山次長には感謝しております」

口では丁寧に言いながら、志宣は挑戦するように葉山を見た。

「本当に推測か？　確信があるような口振りじゃないか」

警察トップの退職後の話まで出されては、葉山では太刀打ち出来ない。たかが一刑事だと志宣のことを甘く見ていた葉山は、志宣の背後にある和倉グループと、正体の知れない将英の背後にいる巨大な存在が、裏で手を結ぶ可能性についてはまったく考えていなかったようだ。

将英が日本園を手に入れるつもりなら、助けてやりたい。そのために自分の父親のコネを使うことも、今の志宣は厭わなかった。

「人選を間違えたようだな…。これ以上完戸に深入りするな。君に与えた任務はもう終了だ。警察の逆スパイをするようなことがあったら、即刻逮捕してやるからな」

あくまでも自分の優位を示そうとする葉山は、精一杯の虚勢を張って言った。

「それでは明日より平常勤務に戻ります。明日は御茶の水署は全員、日本ドームの警備に配備されております。私としても、何事もなく無事にコンサートが終了するように、努力したいと思っておりますので」

一番大切なのは、それじゃないのかと志宣は言いたかった。

狩るのはサバンナを流離っているだけのライオンじゃない。人家を襲うハイエナの群れではないのか。大物を狩る楽しみを味わうことばかりを考えて、葉山は狩りの意味を見失っている。警察官だったらまず一番に、市民の安全を最優先にすべきなのだ。

志宣は今では葉山を軽蔑していた。

「私についてる、公安の監視は解いていただけますか」

最後に志宣は、葉山の背後に立つ地味な男に向かって言う。

「そんな事実はない」

葉山はすぐに否定した。

「そうですね。私を写した写真の中に、公安関係者らしい人が何回も写っているのは、単なる偶然ですよね」

志宣は穏やかに笑った。

「それでは失礼します」

「待てっ！」

出ていこうとすると、葉山が引き留めた。その顔には明らかに狼狽が浮かんでいる。

「写真とは何だ。貴様、どういうつもりだっ」

「ただのスナップですよ。そちらの方も、何でかな。何回も写ってますけどね」

将英はよくスタッフに写真を撮らせる。それがどういう意味なのか、まとまって現像されたものを見せられてわかった。

デジタルカメラの解像度は高い。背景に紛れ込んだ人間の中から、同じ顔を探し出すのも簡単だった。一日だけなら偶然といえるが、何日も同じ顔が登場するのはもう偶然ではない。

葉山は同じ警察官である志宣を、毎日こっそりと監視させていたのだ。

「内部調査にはいつでも応じます。その時には…この写真も提出するつもりです。私は公安の監視が、同じ立場である警察官にまで向けられるなんて知りませんでした。これは…違法な囮《おとり》捜査ですか。御茶の水署の一刑事を、理由も説明せずに囮捜査に動員した。逆にそう訴える用意があります」

志宣にも意地はある。騙されて葉山に利用されるのはたくさんだった。

「完戸の入れ知恵か」

葉山は悔しそうに呟いた。

「いいえ、私の考えです」

「やつは犯罪者だ。それを忘れない方がいい。深入りしないことだ。君を逮捕することにならないで済むよう、祈ってるよ」

葉山はそれだけ言うと、もう行っていいと態度で示した。礼をして小会議室を出た志宣は、肩の重荷が消えたような軽さを感じていた。

自分がどこか死ぬ場所を探していたんだと気がついてから、逆に生きることは楽になった。

無理して死ぬことはない。

無理して誰にとってもいい人でい続けることもないのだ。

葉山はもう二度と志宣に近寄ってはこないだろう。だが将英を狙い続けるのは確かだ。このまま二人の関係が続いていけば、志宣が警察にいることは難しくなる。

志宣は署を出てから振り向いた。

警視庁の見慣れたマークが、署の入り口に掲げられていた。

いつか警察も辞めることになるのだろうか。それまでに少しはまともな仕事をしてみたい。誰かのために死ぬのではなくて、誰かの役に立ちたいのだ。

土曜日の夕方。遊園地はまだ混んでいる。志宣は正規の料金を支払って、大人用の乗り物乗り放題のチケットを二枚手に入れた。さすがに男同士で遊んでいる姿は見かけない。仕事帰りのスーツ姿で人待ちをしている志宣は、彼女でも待っているのかと思われているだろう。

「待ったか…」

待ち合わせ場所に現れたのは、相変わらずネクタイを弛めた姿の将英だ。志宣はネクタイを直してやりかけたが、思い切って将英のネクタイをすっと抜いてしまった。いっそなければ苛立たずに済むというものだ。

黙ってチケットを差し出す。将英はそれを見て、渋い顔をした。

「こんなもんに金出すな。俺に言えばすぐに用意したのに」

「あれから何か新しい情報は？」

「何もねぇよ。やつらどこかに隠れたままだ。捕まったやつらも何も吐かないだろ。下手に喋ったら、国にいる家族を狙われる。そういう組織なんだよ」

遊園地を二人で歩いていると、警備員がすぐに視線を向けてくる。二人が歩く姿を、ずっと見ているのが感じられた。

「将英は目立ちすぎる」

志宣は思わず文句を言った。

「目立ったら困るようなとこに、何で呼び出したんだ」

「考えたんだ。ドームの中は警備が特別厳しい。問題の香港のタレントも、警察がマークしてるから、おかしなものは運び込めない。だったらどうやってドームを狙うんだろう」

さっさと先を歩きながら、志宣は周囲を見回して目的のものを探した。

「当日、ドームの上空を飛行するのは禁止だ。周囲にはホテル以外に大きなビルもないから、そこから狙撃するなんてことは不可能だ」

「志宣、そういう話は警察でやれよ」

「警察…担当じゃない人間は、会議にも出られないよ。当日警備に狩りだされているだけだから」

志宣は足を止めた。その前にアップダウンタワーと書かれた乗り物があった。

二人乗りの自動車のシートのようになっていて、ゆっくりと上まで上がった後、一気に下まで降りるだけの乗り物だが、人気はあるようで混んでいる。

「これに乗ろう。ドームとその周辺がよく見える」

「こんなもんに乗り込まなくても、ホテルから見ればいいだろう」

「窓ガラス越しじゃないから、周辺まで広く見渡せる。それに気になることがあるんだ」

「一人で乗れよ」

将英はあまり気乗りしない様子だ。ただ面倒でいやがっているのか、それともこういう乗り物が嫌いなのか、志宣は将英の顔を下から覗き込んだ。

「もしかして怖いとか？」

「だれが、怖いって」

「そうだよな。怖いはずないよな」

笑いながら志宣は、将英の手を引き順番の列に並ぶ。頭上からは女の子達のあげる悲鳴が、辺りの空気を震わせながら降り注いでいた。

志宣は自分達の前の一団が乗り込み、そして叫びながら降りてくるまでの時間を計った。

「何してるんだ?」

「周囲を見ていて考えたんだ。ここがドームに一番近い、もっとも高い建造物なんだよ」

「ホテルがあるだろ」

「ホテルの窓は、全部開かないようになっている。清掃用のゴンドラも考えたが、当日清掃の予定はないそうだ」

「おい」

志宣はもう返事もしなかった。ただ時計を手に、しっかりと時間を計っている。そうしているうちに、もう順番が来てしまった。

将英はぶすっと押し黙っている。

本当はこんな乗り物は嫌いなんじゃないかと、志宣は思わず笑ってしまった。

席に座る。肩からの安全ベルトをはめると、するすると座席は上に上がっていった。

「いい風だ」

上空には涼しい夜風が吹いている。上りはスピードもゆっくりなので、周囲を見回す余裕もあった。上にいくと風景は一変する。人々の姿は豆粒のように小さくなり、目の下にはドームの丸い天井が広がっていた。

「一分だ。上にいくまで四十五秒。将英、教えてくれ。その時間で…」

ついに頂上にたどり着いた。途端に風景は一本の線のようになり、ゴーッという音ときゃーっと叫ぶ悲鳴を聞きながら、いつの間にか下に着地していた。

「吐きそうだ…」

将英の顔色は悪い。本当にこんな乗り物は嫌いだったのだ。

志宣は出口に向かい、いったん出たもののまた入り口の列に戻ろうとした。

「また乗るつもりか」

「もう一回だよ。もう一回。どう思う。人間の手では、あそこの頂上から物を投げるのは不可能かな。たとえばほらっ、手榴弾《しゅりゅうだん》とか」

「そんなこと考えてどうすんだ」

「馬鹿みたいだろう。でも誰もそこまで考えない。だからこそ隙が出来るんだ」

将英の手を引く。ついでにその腕に自分の腕を絡ませた。

「目立つぞ、そんなことすると」

「こうしないと将英、逃げるだろ。知らなかったな。将英にも弱いものってあるんだ」

「何が楽しいんだ。こんなもんがっ」

志宣はまた時間を計る。スタートからきっちり一分。何か緊急事態が起こって、警備本部に連絡がいくまで一分はかかる。その間に逃走も可能だが、逃げる先が問題だ。

この場所は遊園地でも一番外れの位置にある。塀の外はすぐ交通量の多い幹線道路になっていた。逃げようと思えば、塀を飛び越えられれば不可能ではない。

「将英。上にいったら、ドームまでの距離を目測してくれ。手榴弾が投げられるかどうか」

「パイナップルじゃ無理だ。座ったままであそこまで投げられるやつはいないだろ」

志宣はその一言で肩を落とした。

「やっぱりな。いい線だと思ったんだけど」

「バズーカなら可能だ。風圧を計算しても、あの距離なら楽に被弾させられる」

「……」

人目を無視して、志宣は将英に抱き付く。そしてやったというように、将英の広い胸を叩いた。

笑っていた志宣だが、しばらくすると笑顔が消えた。その頃にはもう順番がきている。係員は二回目の二人を見て、この人達は何だろうといった顔をしていた。

「バズーカ砲なんてぶら下げて歩いてたら、すぐに警備員に見つかる。やっぱり無理か。何かに隠していたとしても、持っては乗れないんだし」

乗る前に大きな手荷物はすべて預ける形になっていた。高い所から一気に降りるのだ。荷物が飛び散る危険があるのだから、当然の処置だろう。

志宣は手榴弾なら持ち運びも楽だから可能性があると思ったが、確かに肩から安全ベルトをしていては、腕が自由にならないので投げられない。しかも距離は思っていたよりあった。

「駄目だーっ、将英。バズーカ砲なんて日本には持ち込めないし、四十五秒で発射させるのは無理だよ。手榴弾も届かない。この思いつきは、完全に間違ってたかな」

「小型のバズーカ砲なんて、どこででも手に入るぜ。ばらばらにしてたとえば撮影用の機械なんかに紛れ込ませちまえば、素人には見分けがつかない。日本に持ち込むのも可能だ」

再びシートに座った二人は、ゆっくりと昇っていく。将英は本当に吐きそうな顔をしていた。

「高いところ嫌いなんだ？」

「そうじゃない。こう…内臓だけ置いていかれるような感覚が嫌いなんだ」

「しっかり見てくれよ。ドームの屋根。狙えると思う？」

「何で屋根なんだ」

「成功すれば、劇的効果をあげられるから」

二人がドームの屋根を見つめ続けている間に、またがくんと最上部で停まった。この後数秒で、一気に下降が始まる。

「一発、撃つのが限界…だっ」

すぐに下降が始まった。ふわっと髪が逆立ち、内臓を置いていかれた感覚が続く。

と、思ったらもう着地していた。

「不可能じゃないんだ」

志宣は満足そうだが、将英はげっそりとした顔で降りた途端に宣言していた。

「いいか。もう二度とあれには乗らないからな。馬鹿な考えは捨てろ。爆破するつもりなら、幾らでも高性能の爆弾があるんだぜ。あんなとこから狙ったりするもんか」

「爆発する前に発見される可能性が高いよ。当日は特別警戒体制だ」

まだ乗ろうとする志宣の腕を、将英は無理やり引き戻した。

「いいかげんにしろ。何、意地になってる」

「何も出来ないのが悔しいんだ。くだらないことでも考えてないと落ち着かない。どんなに警備を強化しても見落としはあるだろ。ここは…将英の大切な場所なのに、守りきれなかったら」

「大切なもんか。いくらだって作れるさ、こんなもんは」

将英は志宣の腕を引いて歩き出した。志宣はまだ未練があるのか、ちらちらと背後を振り返っている。そのまま遊園地の出口まで連れ出されそうになって、志宣はまた立ち止まった。

「せっかく来たんだ。ジェットコースターに乗らないか」

「あのな…ああいうのはガキの乗り物だ」

「やっぱり怖いんだ?」

「…あんまり可愛くないことばっかり言ってると…シーザーの檻にまた閉じこめるぞ」

ぐいぐいと引っ張られては、志宣の力では抵抗出来ない。志宣はついに諦めて、寂しそうに頭上を走り抜けるジェットコースターを見送った。

「志宣、こんなとこよりもっとおもしろいところに連れて行ってやる」

「おもしろいって」

「おもしろいところさ」

そう言うと将英は、志宣には聞こえない場所で電話をかけ始めた。

その間も志宣は熱心に辺りを観察していた。ドームに入るには入り口で手荷物のチェックを受ける。ビデオやカメラの持ち込みが禁止されているからだ。そうでなくても厳戒体制を敷かれているから、挙動不審な人間は目に付くだろう。だが遊園地まで、厳しい監視がつくのか疑問だ。

志宣はどうしても遊園地が使われるという考えを捨てきれない。

「行くぞ」

「行くって…明日はコンサートなのに、ここにいなくてもいいのか」

「警察がいるだろ。こういう時は、俺達も下手に動けない」

どこに行くとも教えないまま、将英は駐車場に向かう。

「おもしろいところか…」

その言葉を信じて、志宣もついていった。

車の中で眠ってしまったらしい。目覚めて最初に目に入ったのは、うねうねと続く道路と真っ暗な森だった。

窓を開くと、冷たい風の中に微かに潮の匂いがする。

海が近いのだ。

「どうして海になんか」

「行けばわかる」

将英は音楽を聞きながら、黙ってひたすら運転を続けていた。

流れているのは、古いジャズばかりだ。誰もが聴いたことのあるスタンダード。けれど題名も演奏者もすぐには思い浮かばない。そんな曲ばかりだった。

「この曲は知ってる。『フライミー・トゥザムーン』。私を月まで連れてって」

窓に頭をもたせかけて、志宣は小さく知っている歌詞を歌った。

謎の男の素顔は、やっぱり謎だらけだ。

ライオンを飼い、古風な和室で眠る男は、車ではスタンダードのジャズを聴く。

イタリア製の高価なスーツを着ながら、シャツやネクタイが皺になっていても無頓着だ。

やたら銃器や法律には詳しいくせに、自分が美しいことを、この男は知らない。

それが何ともしれない魅力になっている。

裏では酷薄なこともしているのだろう。なのに牡丹を彫らせる相手を待っている、ロマンチストでもあるのだ。

「言いたくなかったら、言わなくてもいいんだ。将英、東雲塾ってどんなところだった？」

将英がどんな育ち方をしたのか、志宣には興味がある。自分の育ち方は普通過ぎるくらい普通だった。父との関係は特別だったけれど、学校も家庭も特別ということはない。私立の金持ちの子弟が行くような学校で、大学卒業まで何人も同じ顔を見続けるようなところだ。

家族とではなく、血の繋がらない他人と暮らす。甘えたい年頃の子供にとっては、簡単なようで難しいことに思えた。

「山の中にある合宿所みたいなところさ。掃除も洗濯も、料理もみんな自分達でやる。小学校まではみんな可愛がってくれたがな。中学になったらもう一人前扱いだ…」

「今でも…あるんだろうか」

「今はもうない。東雲のじじぃも、今の若者には無理だと思ったんだろう。入院する前に閉鎖した。スタッフなんて呼び方を変えてるが、やつらはみんな塾生の生き残りだ」

「エディも？」

「やつはただの俺専用のボディーガードだ。思想性はゼロ。武器を持つのも嫌い。ただ楽しく暮らせればいいと思ってる、単純なやつさ。だが場面によっては命を懸けて俺を守る。そういうやつも俺には必要なんだ」

陽気なボディーガードは、銃を向けられても怯まない。彼もまた、誰かのために死にたい人間なんだろうかと志宣は思いを巡らせる。

「公安が俺達に目を付けるのは、テロリスト集団になるんじゃないかって心配してるからだろう。思想教育を受け、肉体を鍛錬して、武器の扱いにも慣れてるからな」

「…それ以上言わなくていい」

「別に聞かれてもまずくないさ。俺達はテロリストじゃない。考えてもみろよ。今の日本には、暗殺するほどの価値ある男なんていないぜ」

将英は笑った。

「だがまだ俺達にもすることはある。外敵から…この国を守ること。平和過ぎるからな、この国は。外からどれだけの脅威が襲ってくるのか、誰もまともに考えていないんだ」

森が切れると、視界に夜の海が入った。荒い波が岩に打ち寄せている。遠くに灯台の明かりが見える他は、人家の明かりもほとんどない。

「俺達はやくざとも生き方が違う。義理や人情なんてものでは縛られない。同じ思想で繋がってるだけだ。悲しいことに、金がないとどうにもならない。誰だって生きていくのには金がいる」

「それで真島さんの意志を継いで、カジノをやろうとしてるんだ」

「正業についてるやつらから奪うよりはずっといいだろ。所詮遊びの金だ」

道路は再び海沿いを少しはずれ、鬱蒼とした山の中に入っていく。ほとんど車も通らないのか、街灯もないような道路を過ぎると、再び波の音が高くなった。

「ここが東雲塾だった場所だ。この辺り一帯は、私有地になってる」

雑草が茂る一画に車を停めると、将英は海に降りる道を示した。背後の崖に添うようにして、大きな建物の影が見える。そこが元は塾だった場所なのだろう。

「下は海岸だ」

「あれっ、人がいる」

海岸では焚き火が燃えていて、そこに数人の人影が見えた。車が二台停まっている。一台はトラックで、もう一台はジープだった。

「こんな夜に何をしてるんだろう」

「夜だから出来ることさ。来いよ」

海上には月もない。真っ暗なのに、将英は慣れた様子で海岸への道を降り始めた。

「将英、待って。暗くて何も見えないよ」

「目が慣れれば、星明かりでも見えるようになるんだが…。しょうがねぇな。ほらっ、手」

将英が差し出した手を、志宣はしっかりと握った。

本当に目が慣れてくると、わずかの焚き火の明かりに照らされた男達の様子がわかった。一人特別大きな男はエディだろう。その他の男達は、アーミーカラーのズボンや黒のジャージ姿なので、暗闇に溶けてしまって顔さえもはっきりしない。

「待たせたか…」

将英が近付くと、男達は姿勢を正してみせる。だがそれだけだ。無駄な挨拶や、余計な私語は一切しなかった。

「林…例の物は」

「用意しました。着替えはしますか」

「そうだな。こいつにも着替えを」

男達はトラックの荷台から、二人分の動きやすい服を取り出して手渡した。

「訓練でもするつもりなのか」

志宣は思わず口にしてしまった。トラックの荷台には、何が積まれているのだろう。好奇心から覗きたかったが、志宣は遠慮して岩場の陰で渡された服に着替えた。

先に着替えた将英は、トラックの荷台に入っていく。出てきた時には、その傍らに大きな獣が寄り添っていた。

「シーザー…」

「散歩の時間だぞ、シーザー。お前の浮気相手も連れてきてやったぜ。嬉しいか」

首輪には太い鎖がつけられている。ずっと車の中で眠っていたからか、シーザーは砂地に降り立ち大きく背を反らして伸びをすると、帝王らしい声で闇を震わせて吠えた。

「わざわざシーザーの散歩に」

「それだけじゃないが、お楽しみは後だ。待ってろ、シーザーを少し走らせるから」

将英はシーザーの鎖をジープに繋いだ。そして志宣に乗れと示す。助手席に乗り込んだ志宣は、ジープがゆっくりとスタートするのに合わせて、シーザーが走り出すのを見守った。

「ライオンを散歩させるなんて、初めて見たよ」

「散歩なんて本当は必要ないんだろうがな。寝てるのが一番好きなのは知ってるが、温室暮らしばかりじゃ飽きちまうだろ」

「町中では散歩出来ないのはわかるけど」

シーザーはゆっくりと走っている。本気になればジープを転倒させるくらいの力はあるのかもしれないが、穏やかな帝王は制限速度以下ののんびりとした散歩を好んだ。

「離してやりたいがな。逃げたら、こいつの場合射殺されちまうから」

海岸の端まで、ゆっくりとシーザーは走った。そこからターンして、また同じような速度で戻る。数回それを繰り返したら疲れたのか、走るというより歩くような速度になったので、将英はジープを停め、そこにシーザーを繋いだままみんなの元に戻った。

シーザーは砂の上に横たわり、気持ちよさそうに潮風に鬣をなぶらせている。吐く息は荒く、ゴーゴーと喉を鳴らす音が聞こえた。

「海を見てるライオンか…」

志宣はこの獣は幸せなんだと信じた。

帝王には帝王に相応しい扱いを、将英はしている。月に何日ここを訪れるのか知らないけれど、シーザーは少なくとも退屈なだけの動物園のライオンよりは幸福だろう。

「志宣、時計を確認しろ」

「時計？」

「俺がスタートと言ったら、何秒かかるか調べるんだ」

将英は砂地に置かれた大きなケースの上に座り込むと、林と呼んだ男を振り返った。

「林。スタートが合図だ。いいな」

「いいです」

「よし…スタートッ！」

志宣は慌てて時計を確認した。

林は素早くケースに入ったものを将英に手渡す。すると将英は中身を取り出し、肩に構えていきなり引き金を引いた。

ボンッという花火を打ち上げるような音がする。続いて真っ暗な夜の海に、光の矢がすーっと走った。光ははるか先の海上に、音もたてずに吸い込まれて消えた。

「志宣、何秒だ」

「五十秒、いや、四十九かな…。今のは…」

将英が手にしているものを志宣は見た。そこには日本では警察にも配備されていない、小型のバズーカ砲が握られていた。

「どこから…そんなものを…」

「これで実証されたな。あの吐き気がするような乗り物に乗って、上から墜落する寸前で発射は可能だぜ」

「将英…あんな馬鹿みたいな話を…君は」

「一発でドームの屋根くらいは破れるだろう。続けて発射されたら、ドームの天井から装甲車を吹っ飛ばせるだけの弾が落ちてくることになる」

将英は再び林にバズーカ砲を手渡し、続けて準備させた。

「あんな話、信じてないいんだと思った」

「俺もこんな手は思いつかなかっただけさ。やつらは俺を殺せなかったから、国に戻っても制裁が待ってる。ここでドーム襲撃まで成功しなかったら、自分達の命が危ないんだ。最悪の事態として、自爆テロまでやるかなと思ってたが」

準備完了と林は事務的に告げた。

「よし、志宣、もう一度だ」

「んっ」

「スタート」

林は将英にケースに入ったバズーカ砲を手渡し、自分もケースの中から取り出した。将英が引き金を引くと、そのすぐ後に林のバズーカ砲も火を噴く。

二つの光の矢は、わずか時間をずらして海上の同じ場所に沈んだ。

「時間は？　どうだ」

「五十五秒。海に着弾するまでだから、発射の時間はもっと早いよ。本当だ。これなら可能だ。発射後十秒で地上に帰れる。誰も何があったかわからないうちに、やつらはあの場を離れることも可能なんだ」

志宣の全身は細かく震えだした。自分の腕でしっかりと自分を抱く。昂奮していた。

武者震いが止まらなくなるほど、志宣は昂奮していたのだ。

将英は何という男だろう。気分が悪そうにしながら、志宣に付き合って嫌いな乗り物に乗っていたのは数時間前だ。それからわずかの間に、志宣の仮説が可能かどうか、ただちに実践してみせた。

この行動力はなんだろう。

自分の手は使わず、部下や所轄の一刑事を使って出世を計る葉山や、保身に忙しい相沢。そんな男ばかり見てきた目には、将英の実行力は本物の男の輝きを思わせた。

「将英…君は…」

「覚えとけ。これが東雲塾の実力だ。不言実行。騒がず、脅えず、無駄なく、徹底的に戦う。俺達はそうやって鍛えられた」

将英はバズーカ砲を林に返した。

シーザーはあれだけの音をさせても、脅えた様子はない。慣れているのだろうか。

「今から訓練に入る。志宣、悪いがここからは外してくれ」

「車に戻れってこと」

「上の建物は電気も点くし、水も出る。あそこでおとなしく待ってろ」

志宣は言われた通りに、細い道を上っていった。背後では銃を撃っているのか、パンッと弾けるような音が聞こえる。

凶器準備集合罪。銃刀法違反。

本来なら即刻逮捕だ。

けれど志宣は、自分が警察官だと知っていて、手の内をすべて晒してくれる将英を裏切るなんて絶対に出来なかった。

逮捕されて欲しくない。もし逮捕されるとしても、自分の知り合いにはして欲しくなかった。

警察官としては失格だ。

だが志宣は幸せだったし、満足もしていた。

あんな馬鹿な仮説を、実行してみせる男。

どこにいるのだ…そんな男が。日本中探しても、今の志宣には将英しか思い浮かばない。

「ここが…将英の育った家か」

建物に鍵はなかった。がたつく開き戸を開けると、古い家独特の匂いがする。陽に焼けた畳の匂いと、樟脳の匂いが混じり合ったような匂いだ。

電気のスイッチを入れると、小さな裸電球が灯った。板敷きの広い部屋で、壁にはかなり古い達筆で書かれた教育勅語が飾られている。人が住んでいないせいか、電気製品はほとんどなく、町の道場のような雰囲気だった。

「こんな場所で育ったのか…」

志宣の家を訪れた時、将英は妙にはしゃいでいた。あれは母を安心させる演技だとずっと志宣は思っていたが、本当に家庭というものをよく知らなくて、楽しんでいたのかもしれない。

「将英…花火がしたかったのかな」

学校の友人が、花火をやったり、日本園遊園地に遊びに行ったりしている夏休み。将英はこの家で、大人の男達に混じって訓練と独自の思想教育にまみれて暮らしていたのだ。

牡丹を腕に彫らせるんだと言った。

冷酷な男らしくない、ロマンチストなんだと微笑んだが、その意味もここにいるとわかるような気がした。

ここでは誰も将英を抱き締めてはくれなかっただろう。

母のように優しく、父のように力強く、恋人のように甘く、将英を抱き締めてくれた腕はなかったのだ。

牡丹は将英の憧れ。愛されることと、安息の象徴だったのだ。

志宣は広間に上がった。

古い木刀と竹刀が、隅に転がっている。漆喰も剥げた壁には、誰かが竹刀で付けたのか、所々穴が穿《うが》たれていた。

穴に触れていると、すぐ横の飴色に変色した柱が目に入る。そこに消えそうな字で、将英七歳と書かれていた。柱に小さな傷があり、その横に年齢が書き込まれている。それは十二歳まで続いていた。

その瞬間、志宣は幼い将英がそこに立っているような気がした。

甘えることを許されなかった子供の将英が、志宣に手を差し伸べている。

「…誰かを愛するのに、こんなに勇気がいるなんて知らなかったんだ」

志宣は思わず湧き上がる涙を堪えて呟く。

「もっと強くなりたい。勇気が欲しい。こんな弱いままじゃ、君の…牡丹にはなれない…」

柱の傷をそっと撫でる。

もし時間を遡れるものなら、子供の時代に将英と巡り会いたかったと志宣は思っていた。寂しい者同士、きっと仲のいい友達になれただろう。

友達。それだけでいいのか。志宣はそこで気がつく。

将英といつ巡り会っても、ただの友達のままではいられなかっただろう。将英にとって特別な存在になりたいと望んだはずだ。

志宣は細い階段を見つけて、二階に上がった。やはり裸電球しかついていない。ぼうっとした灯りに照らされたのは畳敷きの広い部屋で、古い民宿の広間のようだった。

がたつく雨戸を開くと、潮風がさーっと入ってきて、家の匂いを消してしまう。綺麗な星空が窓の外に広がっている。星のないところからは、海になっているんだと志宣は知った。

座り込み、窓に凭れて志宣はじっとして将英を待っていた。将英も同じように海を見つめていた時があっただろうか。まだ巡り会えない相手といつか出会える日を、ここで今の志宣と同じように、待っていただろうか。

そんなロマンチックな夢を見ることさえ、ここでは許されなかったのかもしれない。

どれくらい経ったのだろう。空がぼんやりと明るくなった頃、車のエンジンの音が聞こえた。どうやら二台の車は、帰路に着いたらしい。志宣は続けて小石を踏みしめて、将英が戻ってくる足音を聞いた。

「まだそこにいるつもりか」

下に姿を現した将英は、上を見上げて笑っている。アーミーパンツに黒いTシャツ姿が、はっきりと見えるほど辺りは明るくなっていた。

「夜明けの海が綺麗だ。もうじき朝日が昇る」

海と空の境界線がはっきりしてきた。志宣は目をこらして、刻々と表情を変える海を見つめる。

気がつくと将英も部屋に上がってきていて、何もないがらんとした部屋を見回していた。

「つまんねぇとこだろ。昔からこんなもんだった。テレビもマンガもないいんだからな」

「男ばっかりだったって…。その頃はいなかったのかな。将英と…特別な関係だった人は」

「志宣。過去にまで嫉妬するようになったら本物だぜ。いいのか、そんなこと言って」

将英は志宣のすぐ近くに座ると、いつものように強く抱き寄せる。潮風にさらされて冷たくなった体は、硝煙の匂いがする熱い体に包まれて、期待するかのように小さく震えた。

「俺は東雲のじじぃの息子だぜ。俺にそういうことを仕掛ける勇気のあるやつなんて、誰もいなかった。やつらは…同士であり、兄弟ってやつさ」

ここには誰もいない。本当に今は二人きりだ。将英は遠慮なく志宣の借り物のTシャツの中に手を突っ込み、優しく乳首を嬲っている。

「よせよ…もう帰らないと…コンサートの当日なのに」

「今日で終わりなのか…。それとも今日が始まりなのか。それを知りたい…」

「終わりにしないと…いけないいんだ」

口ではそう言いながら、志宣はそっと将英の顔を抱き寄せてキスをした。将英は苛立ったように唇を離し、そのまま顔をずらして志宣の耳たぶを甘く噛んだ。

「終わりにするのか。それでいいんだな」

「そういう約束だったじゃないか」

「そうだったかな。忘れた…」

将英の手は、すぐに志宣の借り物のアーミーパンツの中に入ってくる。こんな恰好で抱き合っていると、異国の外人部隊で巡り会った者同士のようで、志宣はまた自分の立場を忘れそうになる。

「口では平気で別れを切り出すくせに、下半身はまだ別れたくないって言ってるぜ」

確かに掴まれたそこは、いたぶられるのを待ち望んでいるような状態になっていた。

「こんな体になっちまって、これからどうするつもりなんだ。他の男でも見つけるのか。そんなことしたら、俺は黙っていられる自信はないね」

「他の男となんて…するはずないじゃないか」

「どうだかな…。こんなになってるのに」

先端に溢れたものが、ずるっと将英の手によって広げられる。志宣は恥ずかしさのあまり、顔を将英の胸に隠そうとしたが拒まれた。

「俺のことを好きになったと言っておきながら、最後は逃げるんだ。理由は警察官だからってんだろ。だったらさっさと警察なんて辞めちまって、俺の牡丹になれよ」

「そんな簡単にはいかない…」

「お前に勇気がないだけだ。それとも…俺にそれだけの魅力がないだけか」

慣れた様子で、将英は志宣のアーミーパンツを脱がせる。知り合ってからの数日間、忠実に性の奴隷になっていた志宣は、自ら腰をあげて将英を手伝っていた。

「志宣が公安の送り込んだスパイだったら、この後俺は逮捕されるんだろう。それを覚悟でずっとお前を離さないでいた。手の内の何もかもを見せた。それでも俺を…裏切るのか」

志宣は黙って首を左右に振った。

「命懸けで俺を守っておきながら、任務が終わればさよなら。そんなもんじゃないだろ。そばにいたいって、一度でも口にしたんだから」

将英は志宣の手を、窓の外の錆びた鉄の手すりに導くと、そこを掴むように示した。

「夜明けの海でも見ながら、じっくり考えるといい。ま、考える余裕があればだけどな」

手すりを掴んだまま、膝をついて四つん這いにさせられた。その姿勢の志宣を、将英は背後からまず舌で攻め始めた。

「ああっ…そんなとこを」

声を聞かれる心配はない。耳に聞こえるのは、波の音と朝早い海鳥の鳴き声ばかりだ。

腰を持ち上げられた志宣は、座ったままの将英に恥ずかしい部分を見られ、さらに舌で清められて悲鳴をあげた。

何度されても羞恥心は消えない。猫と違って滑らかな舌先が、そこの入り口を丁寧に濡らしながら、いやらしい音をさせている。想像するのも恥ずかしい行為をされながら、志宣は羞恥心よりも快感が勝ってしまう自分にまだ戸惑っていた。

「…ん…ふっ…ああっ」

そこを刺激されるだけで、もうすでにいきたくてたまらなくなってしまう。掴んでいた手すりを離して、自分で自分を慰めたかった。けれどそれを将英は許さないだろう。セックスでは志宣の何もかも支配したい将英なのだ。

「いいっ……あっ……いいっ」

早く自由にして欲しいとねだっても、将英は意地悪く舐め続けるだけだ。志宣は自分のものが、体にぶつかりそうなほど勢いよく勃ちあがって、先端をたっぷりと溢れたもので濡らしているのに、手も添えられず身悶えた。

「こんなになるまで変えたのは俺だ。他の男にやるくらいなら、シーザーの餌にしちまった方がずっといい」

将英はいきなり志宣の引き締まったヒップに歯を立てる。

「いっ、痛いっ」

手を離せば逃げられるのに、志宣はそのままの姿勢でおとなしく噛まれる。痛みの底には、甘い快感の予感があった。

「シーザーの代わりに、俺が今、食ってやろうか」

「やっ……ああっ、やめてくれ……」

続いて太股を甘く噛まれた。さらに脇腹、腕と噛まれているうちに、志宣は激しく昂奮して声にならない嗚咽を漏らす。

「あっ……ああっ」

本当に食べられているような錯覚を覚えた。自分の体がどんどん飲み込まれていく。その部分にも尖った牙が突き刺さり、激しく内部を突き上げているかのようだ。

「将英…」

目の前に広がる海は、血の色に染まったように見えた。朝日が反射して、きらきらとオレンジ色に光っているのが、今の志宣にはそう見えるのだ。

「あ…ん…将英…」

内臓の奥深くまで、容赦なく牙は抉り始める。志宣は血を流す代わりに先端から蜜を垂れ流し、牙から逃れるどころか自ら腰を差し出してもっと奥へと誘った。

「いい…いい、あっ…」

肩に鋭い牙が当たったように感じた。背中に重さを感じる。振り向くまでもない。背後からしっかりと志宣を抱きかかえた将英が、下半身を繋げたままで肩先に歯を当てていたのだ。

「もっと…もっと強く…」

錆びた手すりががたがたと揺れるほど激しく突き動かされながら、志宣はとろけそうな声で懇願する。

「どっちだ。こっちか」

将英は自分のものをいったん出口にまで抜き出して、さらに奥まで一気に突き入れた。

「ああっ…」

手すりに捕まっている手が離れてしまいそうだ。

「それとも…こっちか」

反対の肩に、新たな牙が突き刺さった。志宣はびくんと体を震わせて、痛みに酔ったかのように手を離し、窓に凭れかけていた上体を床に沈める。そのまま上向きにされて床に転がされると、将英はもう爆発直前のものを口に含み、先端を囓った。

「んんっ…んあっ」

食いちぎられてしまったかのように、志宣のものは血の代わりに白い液体をどくどくと吐き出し、萎えて精気を失ってしまう。

将英はライオンのように低い声で吠えて、再び志宣の体に思う様突き入れる。

志宣は足をいつかしっかりと将英の体に回していた。

どうせなら足先にも牡丹を彫ったらどうだ。

朦朧とした意識の中、天井から自分を見下ろしているもう一人の自分がいて、そいつが志宣に囁いていた。

将英の浅黒い体に、蜘蛛のようにまとわりつく志宣の白い手足は、愛しげに唐獅子に絡みついて、二度と離すまいとしているかのようだった。

ついにコンサート当日が訪れた。

日中の陽射しは真夏のように強かったが、夕暮れの訪れは早く、風は冷たいくらいになっていた。

遊園地内の特設ステージで行われる子供向けのショーはすべて終わり、時折聞こえていた子供達のあげる声も聞こえない。

出口に向かう親子連れの姿が目立ち始める頃、ドームの外にはコンサート入場者の長い列が出来ていた。

「何で遊園地を志願したんだね。駅の警備の方がずっと楽だったのに」

相沢は志宣が強引に遊園地の警戒に回ると言ったことが、内心おもしろくないようだった。

しかも志宣はどこから入手したのか、日本園のスタッフが着ているジャンパーを着込んでいる。その下には特別警戒用に、ホルスターをつけて銃を携帯していた。

「あーあ、久しぶりに銃なんて持ったら、肩が凝る」

一キロもない銃を持つのに文句を言う相沢は、いつもの愚痴と文句以外のことを珍しくも口にした。

「和倉葉君。私はね。警察に入ってから、訓練以外で銃を撃ったことがないんだ」

「いいじゃないですか。日本が平和な証拠ですよ」

「そうだな。だがおかしなもんだ。毎月の訓練もいやだったのに、一度くらいは使ってみたかったなと今になって思うよ」

腰のホルダーに銃を差し込んだ相沢は、スーツの上からぽんぽんと叩いて笑った。

「君も下手すりゃ、一生銃を抜かない口だな。本庁に言って、通訳職についたら。その方が向いてるよ。危険なんて、君には似合わん」

何も知らない相沢は、さもわかったように言った。

銃口を口に突っ込まれ、ライオンとともに寝かされたというのに、志宣からはそんな危ない場面を潜った匂いはしないのだろうか。

「相沢さん。退職したらどちらに行かれるんですか」

「再就職か…。今は難しいからな。和倉葉君、どっかってはないかねぇ」

二人は自動販売機で飲み物を買って飲みながら、コンサートの入場が始まったのか、列がのろのろと動き出す様子を遠くからのんびりと見守った。

「本当に何かあるのかな。事前にマスコミに何も知らせてないだろう。何かあったら、また隠したって非難されるのは警察だ。答えは決まってる。不要なパニックを避けるためだろ」

相沢は皮肉たっぷりに言った。

「売り上げをテロの被害者に寄付するなんて言ってるが、本当かねぇ。どうせなら我々に寄付して欲しいもんだよ」

相沢程度の人間でさえ疑っている。だが疑いを抱くだけで、誰もそれを証明するために危険な橋は渡らない。ジャーナリストと呼ばれる気鋭の戦士達が、証拠をかき集めて発表するまでには時間がかかり、数々の妨害工作が裏で行われるのだろう。

「相沢さん。アップダウンタワー、あの乗り物を重点的に警戒したいんですが」

「んっ？」

コーヒーの缶を始末した相沢は、煙草を銜えたまま怪訝な顔をして志宣を見る。

「何かたれ込みでもあったのかい」

「いえ…。ただこの時間、あそこだけがドームの上空を狙える場所だからです」

相沢はアップダウンタワーを見上げて、馬鹿にしたように笑った。

「いいねぇ、今時の若いやつらは。マンガみたいなことを平気で思いつく。あれ、あれって」

キャーッとまた、若やいだ女性の悲鳴が聞こえた。

「あそこからどうやって狙うんだ。おいおい、ロケット弾でも撃ち込むのか。映画じゃあるまいし。ここは日本だよ、日本。日本国。日本園だけどな」

つまらない親父ギャグに自分で受けて、相沢はへらへらと笑った。

どうせこんな反応しかかえってはこない。覚悟はしていたが、志宣はやはりがっかりした。

こんな仮説を真摯に受け止めて、実弾まで撃ってくれた将英を思う。

将英はどこにいるのだろう。彼らは今、この人混みに紛れて必死になって敵の姿を探しているはずだ。

「日本人的な発想だったら、そんなことは思いつかないでしょう。でも外国人だったらどうでしょう。銃を使って派手な強奪をするのも、外国人犯罪者の手口ですよ。何が起こるか、予想はつかないじゃないですか」

日本は外国人犯罪者に対してぬるい。それを知られているから、狙われているんだと警察官自身よくわかっている。

わかっていても法律は、守られないといけなかった。たとえ逮捕しても、日本で刑を与えることも出来ずに強制送還させてしまうケースが多いのが、どんなに現場の警察官にとっては悔しいか、理解されることも少ない。

「おいおい、やくざもんと仲良くなって、影響されちまったのか。完戸将英ってのは、今時死滅寸前の右翼の息子なんだってな。どうせ金と女にしか興味のない、つまんない男なんだろ」

誰も聞いていないとなると、相沢は偉そうだ。ここに将英がいたら、そんな言葉は口が裂けても言わないだろう。

「協力するとか言っておきながら、ガセネタを流した程度じゃないか。それとも署の前にほうり出されてたアジア人。やつらは完戸のプレゼントかね」

そうですと言いたかったが、志宣は黙ったままだった。

「ガキどもはよくコンサートなんかに行ける金があるなぁ。今夜は警戒が厳しいから、ダフ屋もチケットさばけなくて苦労してんだろ」

相沢はつまらなそうに言って、灰皿に短くなるまで吸った煙草をねじ込んだ。

コンサートが始まったようだ。志宣は辺りに目を配る。日本園のスタッフジャンパーを着ているせいで、注目されることもない。相沢は元々どこにいても目立つような男ではないし、二人はすっかり風景に溶け込んで、黙ったまま行き来する人を見つめていた。

女の子同士、カップル、少し大きい子供を連れた親子連れ。そんな人々がアップダウンタワーの列に並ぶ。

そこに野球のユニフォーム姿の一団が並んだ。どこかの会社の野球チームだろうか。バットを入れるケースを肩から担ぎ、手にはスポーツバッグをぶら下げている。

試合の帰りなのか、ユニフォームは泥で汚れていた。皆同じキャップを被っているが、頭髪は極端に短い。髭を生やしたり、サングラスをしている男もいる。

志宣は一度は見過ごしたが、視線を再び彼らに向けた。

黙って列に並んでいる。それが妙に気になる。

メンバーは五人だ。同じチームの人間が五人もいたら、誰か一人が冗談の一つも言っていいはずなのに、一言も喋らない。

疲れているのだろうか。それにしても変な乗り物に乗るのだ。こんなもん怖くはないさと、男の見栄もあって饒舌で恐怖をごまかすような男が一人くらいいてもいいのではないか。

「相沢さん…いざとなったら走れますか」

志宣は塀までの距離を目測して尋ねた。

「走るのは無理だなぁ。息が切れて」

情けないことを相沢は平然と言っている。

「そうか…無理か」

志宣はそれとなく近付いていった。日本園のネームのついたキャップを目深に被る。そのままアップダウンタワーの操作室に近寄った。従業員はすでに志宣が警察関係者だと知っているので、何かあったのかとちらっと見ていた。

「パスポート、チケットはこちらでお願いします。お手荷物はお預かりします。そちらの籠に入れてください。眼鏡、帽子等は落下のさいに落ちる可能性があります。あらかじめ外しておいてください」

入り口で従業員の女性が丁寧に説明している。期待に弾むテンションの高い声が、やだー、どうしよう、怖くなってきたなどと繰り返される中、ユニフォーム姿の一団は沈黙したままだった。

自分を襲った男達の顔を、志宣は必死になって思い出そうとした。彼らに似ているようにも思えるが、髪型が違っているし、髭や眼鏡のせいで特定出来ない。もやもやとした気持ちのまま、彼らの順番が来るのを見守った。

そのまま何事もなく上まで行ってくれれば、志宣は笑えただろう。あいつらいい大人のくせに、こんな乗り物が怖くて冗談も言えないほど緊張していたのかと。

ところが二人だけがドーム側に向かうシートに座ると、他の三人は乗ろうとしないのを見てますます気になった。

チケットは見せている。なのにすぐそこまで来て、三人の男は地上に残ろうとしている。男達は仲間の荷物を受け取り、自分達は乗らないと態度で示して、次の人達に順番を譲っていた。

職務質問。

志宣は胸の警察手帳を思わず押さえていた。

バッグ、及びそのケースの中身を確認させていただけませんかと、一言言えばいいのだ。だが何も持たずに彼らが乗っているのだから、それも今は言えない。

「それではアップダウンタワー、スタートいたします。東京上空から、一気に駆け降りるスピードをお楽しみください」

男性従業員のアナウンスが終わると、アップダウンタワーはゆっくりと上がり始めた。

するとユニフォーム姿の男が動いた。男は乗り込んだ二人にバットのケースを素早く投げ与えたのだ。

ケースから出して、バズーカ砲を撃てる態勢を整えるまで三十秒。訓練していれば可能なのは実証済みだ。

「停めろっ！　停めるんだっ！　すぐに降ろせっ」

志宣の叫び声に従業員は慌てて上昇中のアップダウンタワーの緊急停止ボタンを押した。

すると三人の男達が操作室になだれ込もうとする。志宣は素早くホルスターから銃を抜き取り、中国語で叫んでいた。

『日本警察だ。それ以上動くと撃つ』

誰も悲鳴もあげない。咄嗟に何が起こったのかわからないのだ。

「相沢さんっ！」

アップダウンタワーは志宣の頭上五メートルで停止していた。そこに乗った二人の男の手には、やはり小型のバズーカ砲があって、今や照準は志宣に向けられていた。

「援護をっ」

「わ、わかってる。警察だ。抵抗するな」

相沢は震える手で銃を構えながら、三人の男達の背後を狙っていた。

『そいつを捨てろっ』

志宣は頭上の二人に向かって叫んだ。

あの位置からでも、ドームの天井は狙えるだろうか。二人の男も気がついたのだろう。照準を今度はドームに向けている。

「下に降ろせ」

志宣の指示を守ろうとした従業員は、乱入した男と揉み合いになっていた。

下手に銃は使えない。

一般の客と従業員がいる。

相沢は銃を構えたもののおろおろとするばかりだ。五対二では明らかに不利だった。援軍になるはずの警備員も警察官も、まだ異変があったことに気がついていない。

その時何かが金属に当たる激しい音がして、頭上からバズーカ砲が一基落ちてきた。みるとへこんだ三百五十ミリリットルのジュースの缶が、地面に泡立てて転がっている。

続けて缶は数発、正確にもう一人の男を狙って投げられた。

「誰だ」

志宣は銃を構えたまま、助けてくれたやつの姿を目で追った。

長身の男は、たいしておもしろくもなさそうな顔をしながら、次々と缶を投げている。

『撃てっ！』

聞き覚えのある声が、髭の男から発せられた。けれどその男は、背後から忍び寄った別のスーツの男によって、あっさりと殴り倒されてしまった。

「顔面ってのは、なかなか当たらねぇもんだな」

将英はぶつぶつ言いながら、箱からジュースの缶を取り出しては投げている。そのうちの一つがついにシートの中の男の顔面を直撃して、バズーカ砲がまた一つ地面に落ちてきた。

志宣は急いで二つのバズーカ砲を拾う。その時には操作室を狙っていた二人の男が、殴り倒された仲間を見捨てて逃亡を開始していた。

安全ベルトで固定された二人は動けない。殴り倒された男は立ち上がろうとしていたが、そこを

NIHONEN

また林に顔面を殴られて動けなくなっていた。

自由に逃げられるのは二人だけだ。

「相沢さんっ、追うんだっ」

言われて相沢は必死で走り出す。

「止まれーっ、警察だ。う、撃つぞっ」

相沢は咄嗟に空に向けて引き金を引いた。けれど安全装置をしたままなので、銃は虚しくかちかちと音をさせただけだ。

「あーあ。こんなやつと組んでるんじゃ、志宣の命があぶねぇや」

将英はぶつぶつ言うと、缶を二つポケットにねじ込んで、驚異的な早さで二人を追い始めた。

先を走る相沢をあっさりと追い越す。そして塀の直前まで彼らを追いつめながら、そこで将英は立ち止まった。

「ピッチャー、投げました。幻の百六十キロ、剛速球ってな」

将英の投げた缶は、正確に塀をよじ登ろうとした男の後頭部を直撃する。男の体がぐしゃっと地面に転がっていた。

「刑事さん。安全装置を外してから撃つんだよ。警察学校で習っただろ」

ようやっと追いついた相沢に、将英はもう一人を示して言った。

「撃ってみるかい。足を撃つのが基本だけど、まぁ外れて撃ち殺しても、問題ないだろ」

「ううう、撃てない」

「あっそっ。撃てないんじゃな」

将英は相沢の手から銃を奪い取り、何のためらいもなく塀に上った男の足を撃ち抜いた。

素早くハンカチを取り出して引き金の部分を拭くと、将英は銃をしっかりと相沢の手に握らせる。

あまりの素早さに、相沢はただ呆然としていた。

「ほらっ、早く手錠かけなよ。仕事しろって」

「あっ、ああ。その、ありがとうございます。どちらの署の方でしたか」

応援に来たよその署の人間だとでも思ったのだろう。相沢は震えながらも笑顔を取り繕っていた。

「民間人だよ。無名のな」

「民間人…」

「さっさと捕まえないと、逃げちゃうぜ」

「そ、そうだった」

よろよろと相沢は地面に転がった二人の男に走り寄る。

黙って見守っていると、いつの間にか林が将英のすぐ後ろに立っていた。

「制服警官、到着しましたよ」

男を一人殴り倒した後だというのに、林は表情一つ変えずに、将英の背中を軽く押した。

「行きましょう」

制服警官が走り寄っていくのが見える。

志宣はいまだに銃を構えたまま、頭上の二人を狙って動かない。

「志宣が頑張ってんのに。もう少し見てたらまずいか」

「……」

林はさらに将英の背中を無言で叩いた。

相沢は手錠を一人にかけたものの、その後どうしたらいいかわからず、必死になっておーいこっちだと制服警官を呼んでいる。

将英は笑いながら、ポケットに残った缶を取り出し、飲むかと林に差し出した。

「それ炭酸入ってますよ」

早足で歩き出しながら、林はぼそっと言う。

「開けたら爆発か…。爆発ね」

将英は缶を専用のゴミ箱に放り投げる。距離はあったのに、缶は奇跡のように小さな穴を潜り抜けて、底にたまった空き缶に当たってがしゃんっと音を立てていた。

『警察官、日本ドームを救う』

華々しい見出しの新聞記事を、相沢は大切そうにファイルにしまっていた。

事件から二週間。時のヒーローへの注目度は薄れたが、事件そのものはまだ未解決のままだ。

逮捕されても彼らは何も喋らない。下手に喋れば、国にいる家族や仲間が制裁を受けるからだ。

彼らは検察に引き渡され、志宣の仕事は終わりを告げた。マスコミの加熱報道も沈静化してほっとしたのに、志宣は元気がない。

いつの間にか相沢が、逃走する犯人の足を撃ったことになっていた。だがそんなことはどうでもいい。すっかり昂奮して、自分を見失った相沢の記憶がごちゃごちゃで、嘘を言っているうちに本当のことだったと思いこんでしまってもいいのだ。

あの時は素直に、助けてくれた民間人が実は撃ったんだと、志宣に思わず漏らしてしまった相沢だが、それを口にしたことすら忘れている。

謎の民間人。

警察は表彰しようと呼びかけたが、当然出てくるはずはない。

あの日何度将英に電話しても、電話は繋がらなかった。翌日にはもう、この電話は現在使用されておりませんのメッセージに変わっていた。

自宅にもいない。『ダンディライオン』の社員に聞いても、将英の行方は誰も知らなかった。

あまりにもあっさりとした幕切れに、一番ショックだったのは志宣だ。

何も自分の推理が当たったことを、褒めて欲しかったわけじゃない。

ありがとうと言いたかっただけだ。

もちろんそれだけではないのはわかっている。

志宣は将英に抱かれたかったのだ。

教えられた喜びから遠ざかって数日、夜中に何度も将英にされたことを思い出していた。体が熱く火照って眠れない。自分で自分を慰めても、出すだけでは埋められない何かがある。

結局将英は、ドームが襲撃されるのを防ぐために、警察官である志宣を利用しただけなのだろうか。

まったく何も言ってこないところを見ると、そうかとも思える。

このまま自然に別れる方がいいのだろう。

志宣には警察を退職して、どこにいるのかもわからない男を追いかけて、海外にまで渡る勇気はない。

母がいるのだ。

あの寂しい母親を、一人残していくことは志宣には出来なかった。

今日は御茶の水署で、今回の事件で功績のあった志宣と相沢が表彰される。その時に日本ドーム代表の真島も来ることになっていた。

将英をあの海辺の塾に追いやった男。

その男からも表彰されるなんて、何という皮肉だろう。

「和倉葉君、また取材が来るかね。女房のやつ、いつもはケチったれてんのに、スーツを新調してくれてねぇ。君はいいなぁ、写真写りもいいし、高そうなスーツを何着も持ってるから」

「そうですか」

答える志宣の声も小さい。

「どうしたんだい。元気がないねぇ。君、これから出世出来るよ。いやぁ、ただの金持ちのぼっちゃんの道楽だと思ってたが、しっかり警察官の顔してたじゃないか」

饒舌な相沢は鬱陶しい。機嫌がいいだけに、余計にうるさかった。

志宣は温室にいるだろうシーザーのことを思う。将英に置き去りにされても彼は、愛情を疑うようなことはしないのだろうか。

人には懐いているが、やはりシーザーが心を許すのは将英だけで、餌を与えることは出来ても、体に自由に触れさせはしないとエディから聞いた。

誰も訪れない温室で、ライオンは寝ている。

ライオンでも孤独に感じることはあるのだろうか。

志宣は今なら、シーザーを抱いて眠ってもいいと思った。同じ男に見捨てられたもの同士、互いの体温で孤独を紛らわせたい。

寂しさに反応する猫は、毎夜志宣の膝に乗り、ほらね、あんな男を好きになるから傷つくのよと意地悪く囁くかのようだ。

自分で自分を慰める志宣を、布団の横でじっと見守りながら、猫は何を思うのだろう。お母さんと一緒。木戸を開けて、夜道を男がやってくるのを待っているだけ。あんたには勇気がないのよ。道を自分で歩いていけばいいじゃない。木戸なんてぶっ壊して、さっさと男の元に乗り込んで、あたしを欲しいんならもっとちゃんと愛しなさい。そう言ってやればいいのに。

あの猫なら、それくらいは言うだろうと志宣は思った。

表彰式が始まる。志宣は滅多に着ない、制服を着用して式に出席した。紺色の制服は、警察官の誇りだ。この前まではそうだった。けれど今や式服でしかない制服に身を包んでも、高揚する気分にはなれなかった。

背の高い、恰幅のいい紳士がそこにいた。

真島信輔と名乗った男は、『日本園グループ』と書かれた金一封を、二人の警察官に差し出す。将英によく似ている。髪には白いものが混じっているが、男らしい風貌にはどこか色気があって、若い時はさぞやいい男だっただろうと思わせた。

金一封を受け取りながら、志宣は自分でも知らなかった残酷な思いに取り憑かれる。いつか自分の息子を利用しようとしたことを、後悔させてやると思っていた。

「和倉葉です。父は和倉グループの会長をしております」

式の後で、さりげなく志宣は自分のことを売り込んでいた。

「ほうっ、そうですか。和倉グループですか。警察官とはもったいない。それとも社会勉強ですかな」

「父は、警視総監とも親しくさせていただいております。いずれ何かの機会がありましたら、ぜひ父共々お近づきにならせてください」

カジノを作るには、警察とも懇意になりたいはずだ。そうやってルートを作って、華々しくカジノをオープンするといい。

だが最後には、それがすべて将英のものになる。

志宣は人が見とれるほどの美しい笑顔の裏側で、残酷にも真島をあざ笑っていた。

「それはぜひとも。いずれどこかで席を設けましょう」

真島は上機嫌だった。

式が終わると、今日はそのまま帰ってもいいことになっている。真島は早速志宣を誘いたいような口振りだったが、丁寧に断って自分の部署に戻った。

デスクの上には箱が置いてある。

宛名に見覚えがないのでじっと箱を見つめていた。

爆発物。つい余計な心配をしてしまう。

「んっ…そうか、エディだ。エディ・バウアー」

英文字だったので気がつかなかったが、エディと言えばあのエディなのだろう。

志宣の胸はことんと鳴った。

もしかしたらと期待が膨らむ。

箱を開くと、季節外れなのに見事な牡丹が入っていた。

「……」

メッセージカードが入っている。

『ディナーはどうですか。本日八時。プレジデンシャル・スイートにて』

それだけしか書いていない。

だがそれだけで意味は通じた。

「八時か。まだ時間はあるな」

志宣は時計を確認する。今すぐにでも、あの部屋に行きたいくらいだが、指定された時間にはきっと意味があるのだ。

捨てられたわけではないらしい。そう思えるだけで嬉しいが、志宣は心に猫の姿を再び蘇らせていた。

木戸なんてぶっ壊して、道を上っていけばいい。

必要なのはプライドではなくて、わずかの勇気だけなのだ。

指定された時間に、部屋のドアをノックした。

自分は今どんな顔をしているのだろう。鏡さえ見る勇気がない。

志宣はわずか視線をドアから逸らせる。期待が大きすぎて、胸が潰れてしまいそうだった。

手にした袋の中には、招待された礼儀として携えた一本のシャンパン。銘柄はもちろん『ドン・ペリニヨン』だ。

「相変わらず時間には正確だな」

ドアが開き、笑顔で出迎えた男は、なぜかスーツ姿なのにシャツもネクタイもしていない。素肌に直にスーツを着込んでいた。

はだけたスーツの胸元から、逞しい筋肉が覗いている。視線を吸い寄せられそうになって、志宣はわざと下を向いた。

「おおっと、裸で失礼。シャツもネクタイもしわくちゃになっちまってな。志宣にまた怒られるから、さっさと脱いじまった」

果たしてそれだけの理由だろうか。志宣は赤くなった頬を見られたくなくて、顔も上げずに手にした袋を差し出す。

「ご招待いただきまして。これは…その」

「シャンパンか。もう用意してあるぜ。今夜飲めなかったら、エディにやろう。あいつ、シャンパンが好きだからな」

通された部屋の中には、花活けの幾つにも贈られたのと同じ牡丹の花が活けられていた。

「牡丹…あれは春の花だと思ったのに」

「温室咲きで、特別に今開くように作られているやつさ。本当はもっと欲しかったんだが、これが限界だった」

将英は落ち着いた様子でディナーの用意がされたテーブルを示す。そこにはすでにシャンパンが、ワインクーラーに溢れた氷の中に沈んでいた。

「今夜は誰もいないんだ。二人きりさ」

そう言うと将英は、椅子を引いて志宣へ座るように促した。

慣れた様子でシャンパンの栓を抜き、グラスに注いでまず乾杯をする。

「ボーイもいない。ボディーガードもいない。ピアニストもヴォーカルもいない。全部、俺一人でやらないといけない。忙しいよなぁ」

志宣を座らせると、将英はなぜかピアノの椅子に座った。そして蓋を開き、何とピアノを弾き始めたのだ。

「あっ」

曲は『ライオンはねている』。本物のピアニストほどうまくはないのかもしれないが、ちゃんと演奏している。その合間にきちんと英語で歌も歌っていた。

「将英…」

謎の部分をまだまだ持っている男は、軽快なタッチでピアノを弾き終わると、拍手を強要する。

志宣はぽかんと口を開いたまま、拍手をしていた。

「いったい、いつそんなものまで覚えたんだ」

「別にクラシックの先生に習ったんじゃないぜ。酒場のピアノ弾きに教わっただけだ。日本にずっといなかったからな。日本の新しい歌は知らない。そろそろ覚えないとな」

将英は立ち上がり、ピアノの蓋を閉めるとテーブルにつく。シャンパンを注ぎながら、志宣がほとんど飲んでいないのを見て笑った。

「どうした。ディナーのメニューが気に入らなかった？　ゲンゴロウも熊も避けたつもりなんだが」

「そうじゃない…そうじゃないんだ。今は…その…胸がいっぱいで…何も食べられない」

「…まぁな。その気持ちは…わかるが」

にやにやと将英は笑いながら、志宣の頬を軽く人差し指でなぞった。

「寂しかった？」

「寂しかったよ。お礼も言いたかったのに、電話は通じないし…どこにいたんだ」

「表彰式まではまずいだろうよ。公安は志宣の失点をあげたくて苛々してたはずだ。それに俺もいろいろと後始末が大変でね」

「日本にいなかったんだろ？」

将英は返事をしない。それは認めたからだろう。

「君に会えないのが、こんなにつらいとは思わなかった」

木戸を壊せ。自ら歩いていけ。志宣は自分に課した課題を、一気にクリアしていた。

「もう会えないのかと思ったら…」

「……」

将英の指は、ピアノでも弾いているかのようにテーブルの上で動く。

「会えないと思ったらどうなんだ。会いたいと思ったか」

「思ったから、会いに来たんじゃないか」

ほら簡単だ。勇気を持てば、きっと想いは通じる。志宣は俯いていた顔をあげて、将英をじっと見つめた。

「見せたいものがあるんだ。これくらいしか、君に相応しいお礼が見つからなくて」

「んっ？」

「こんな時なのに、情けないな。食事の席では、服を脱ぐなんてどうしても出来ない。その、場所を移ってもいいかな」

「裸では歩けない。飯も食えない。裸でするのは風呂とあれだけ。いいよ、俺もそっちを優先したかったが、あんまり飢えてるみたいだとな。嫌われるんじゃないかと思って」

将英は立ち上がり、志宣の椅子をさりげなく引いてやった。

ホテルなのに広すぎる。寝室までの距離があるのは、今の二人には問題だ。将英は上着を脱ぎ、ソファの上に放り投げる。すぐに拾ってハンガーにかけたい気持ちと戦いながら、志宣は寝室に飛び込み、安心して上着を脱いだ。

「将英、バスルームに行ってて」

「汚いと相手してくれないのかよ。これだから志宣は…」

文句を言いながら将英は、今度はズボンを脱いでベッドに放り投げる。靴下と靴はすでに履いていなくて、トランクスはバスルームの床に放り投げられることになった。

また拾いたい欲望と戦いながら、志宣はクロゼットに隠れてこっそりと服を脱いだ。そしてそこにかけられたバスローブを羽織ると、バスルームに向かった。

ジャクジーに沈んだ将英は、縁にもたれ掛かって窓からの夜景を見ている。部屋と同じく天井まですべてガラス窓になっているバスルームからは、様々な色の光が点滅する夜の東京が一望に見渡せた。

「何焦らしてんだ。俺は焦らしてるんじゃないぜ。これでも紳士的に振る舞ってやってるんだ。いきなり押し倒してもよかったんだがな」

「すまない…待たせて」

志宣はバスローブを脱ぎ捨てて、ジャクジーの中に入っていく。ちらっとその姿を見た将英は、目を見開いて驚きを示した。

「志宣…いつの間に彫ったんだ」

「彫ったんじゃない。今は…これが私に出来る精一杯なんだ」

「けど…これ」

将英は志宣の手を取った。

左右の肘から手首までに、見事な牡丹の花が描かれていた。一見したのでは、刺青とほとんど見分けがつかない。しかも手だけではない。膝下から足先にまで、牡丹が描かれている。

「汗や水ではすぐに消えない。特殊ペイントだよ。将英、自分の気持ちに嘘はつきたくないんだ。だけど今は、まだ彫ることは出来ない。許してくれ」

「…美しい…。どこの彫り師だ。綺麗な牡丹じゃないか」

将英は志宣の手に恭しく唇を押し当てる。

それが合図のように、志宣は将英の胸の中に飛び込んでいった。

「…将英…」

願った通りに、将英の体に腕を回して抱き締めた。そして唇を重ねる。

シーザーが思いきり吠えたような気がした。いるはずもないライオンの雄叫びが、聞こえたように思えたのだ。

「将英の…牡丹になりたい」

想いを込めて志宣は呟く。

「もう運命は決まってる。俺の…牡丹は、お前だ」

偶然出会った二つの魂は、今、将英の背中で素晴らしい絵柄を完成させていた。

目を見開き、世界を威嚇する百獣の王は、華麗な牡丹に寄り添われて、より一層の威厳を増している。

「今夜は縛れないな。その腕で、抱いてくれないと駄目だ」

「抱いててあげるよ、一晩中」

志宣の腕は必死で将英の背中を撫でる。けれどそれだけではやはり満たされない。下半身は甘く疼いて、待ち望んでいたそれを欲しがっていた。

「したいんだろ。少し軽くしてやらないとな。気持ちばっかり焦って、楽しめないだろ」

将英は志宣の体を持ち上げて、ジャクジーの縁に座らせる。片手でてすりの部分を掴むように示すと、そのまま顔を志宣のそこに近づけて、凶暴なまでの舌での愛撫を開始した。

「あっ、ああっ」

てすりを持たない自由な手は、将英の髪を掴む。

自分でしても、ほんの短い開放感が味わえるだけだ。なのに同じ射精までの行為が、相手があることでどうしてこれだけの深い快感にすり替わるのか。

「んっ…ああっ」

誰にも声を聞かれる心配はないのだ。

思い切り叫んでも、不安そうに覗きにくる母はここにはいない。

将英の口もいつもよりずっと熱い。見下ろすと広い背中に墨の青が見えた。

「いい…いいよ、将英。いっ…」

「お前も覚えろよ。いつまでもその綺麗な口を、未開発のままにしとけないからな」

「だって…」

教えるように将英の舌先が動く。先端の裏側を優しく刺激するかと思えば、歯の先で軽く噛んでは刺激を与えた。

「んっ…ううっ」

待っていた二週間。自分ではどうしても出し切れなかったものが、内奥から次々と溢れだしてくるかのようだ。

「ああっ、もうっ」

「覚えるんだ。目を閉じるなよ。俺に何をさせてるのか、しっかり見ろ」

将英は決して目を閉じることを許さない。志宣はてすりを強く掴み、今にも閉じそうな目を見開いて自分に奉仕する男を見た。

決して誰にでも優しい男ではないはずだ。その男が、志宣を喜ばせることに必死になっている。見ていると、将英の必死さが伝わってきて胸が痛む。

志宣は将英の蠢く舌先を真似て、自分の舌も回してみた。そうして真似ているだけで、口の中にもある感じる部分の存在を感じる。

「させて…」

志宣は恥ずかしい懇願をしていた。

「待ってろよ。まずはそっちからだ」

思い切り足を開かせ、将英は志宣の足にも唇を押し当てる。そこはすぐに充血して、牡丹の花びらを散らしたように赤く変色した。

「あっ、ああっ」

内股を吸いながら、将英の手は柔らかい部分をもみしだき、やがてその後ろの部分につるんと指は吸い込まれていった。

「んっ…もう…自由に…」

志宣の懇願はなかなか聞き入れられない。入り口を押し広げられただけで、違った期待が溢れだし、ついに志宣は果ててしまった。

そのままずるずると湯の中に沈んだ。火照ったせいか、描かれただけの物のはずなのに、牡丹はより色鮮やかになったかのように見える。

「このままじゃのぼせる。志宣、ほらっ、風呂で溺れるんじゃないっ」

将英はジャクジーを出ると、フローリングを敷き詰められた床に置かれた、休憩用なのだろう椅子に座った。

観葉植物の葉が、それとなく涼感を演出している。志宣は火照った体を床に投げ出して、ついに将英の股間に顔を埋めた。

手で将英の膝を撫でる。黙ってそんな様子を見守る将英は、志宣の腕に開いた牡丹に満足したのか、優しく手を添えていた。

「がっつくんじゃない。丁寧にやれよ。生意気に食いちぎるつもりか」

「う、うまく出来ないんだ」

「俺のことを不器用だって笑うくせに、お前だって不器用じゃないか」

「ああ…でも、もうこんなになってるのに」

膨れあがったものを、いきなり口にするのはつらかった。

それだけではない。これによって教えられた喜びを思い出したくて、志宣の腰は自然とうねっている。

「ベッドまで待てよ」

「んっ…」

わかったというように、再び口に含む。けれど口に感じる喜びは、もっと違う部分への期待へとどんどん繋がっていってしまう。

「したいのか…したいんだよな」

立ち上がった将英は、そのまま床に志宣を這い蹲らせ、背後から襲ってきた。

「あっ…」

これを待っていたんだと、志宣は牡丹に彩られた腕に顔を押しつけて思った。

体の奥深くまで将英を感じる。

一番最初の時から、そこを抉るようにして開発された志宣の体は、将英に埋められて初めて本当の喜びに満たされる。

将英が抱いてくれる手を求めるように、志宣は深く埋めてくれるそいつを望んでいた。

「志宣…牡丹になるんなら、裏切ったら殺されるくらいの覚悟はしとけ」

「裏切らない…そんなことできっこない」

「少しでもおかしなことしたら…温室に繋いで一生出してやらねぇからな」

「んんっ、んっんっ」

それすらも望んでしまうかもしれない。

志宣は快感に痺れる下半身を淫らに揺すりながら、繋がれることすらも幸福だと思った。

飼われるなんていやだ。

そう思っていたプライドは、花びらが散るように散りかけている。

「将英の…そばにいたいんだ…。どんな危険な目に…遭ってもいい」

たとえ毎日が平和でも、もうそれだけでは志宣は幸せにはなれない。

繋がれる恐怖。将英を失う恐怖。そして外敵から狙われる恐怖と戦いながらも、将英の傍らに寄り添っていたかった。

「最初からおかしな男だと思ったが…いい具合に花開いちまったみたいだな」

将英は初めて会った時から、志宣の中に隠された危うい素質に気がついていたのかもしれない。

ライオンは眠っているだけのように見えるが、安心して目の前で草を食べているととんでもないことになる。どいつが一番狙いやすいのか、実はこっそりと目をつけているのだ。

そして突然起きあがり、怠惰に見せていた姿からは想像もつかない俊敏さで、爪にかけ、牙で引き裂き、何もかもをむしゃぶりつくす。

「ああ…将英…もっと…すべて」

食べてしまえばいいと、志宣は朦朧とした意識の中で叫んだ。

「こんな体になっちまったら、俺なしでいられないだろう」

「んんっ」

答えることも出来ない志宣の中に、将英はついに余裕のなくなったすべてを吐き出した。

しばらくぼうっとしていた志宣は、将英の姿を探す。振り向くといつも手にしているデジタルカメラを手に、将英は志宣を写していた。

「何するんだ」

「図柄を保存しとくんだ。その絵師はいい仕事をするが、彫り師としてどうかはわからねぇ。今とまったく同じに…いつか彫らせる」

志宣の腕を取り、将英はさらにカメラを近づけた。

「背中に腕を回したとこも撮る？」

「いや…いいんだ。それはいつか本物が出来た時で」

少し寂しそうに将英は言う。

二人が永遠を誓うには、今はまだ早すぎる。

二人ともどこか醒めた思いで自覚していた。

「将英、どうして刺青なんて彫ったんだ。プールにも入れないのに」

「じゃあどうして牡丹なんて彫る気になった」

逆に言われて志宣は答えに詰まる。

「真島の世界には行けないとわかった時に、墨を入れようと思った。もう普通の堅気とは違う。あんたの息子じゃないんだと、意地を見せたかったんだ。気に入ってるぜ。いい彫り物だろ」

「うん…いい柄だけど…」

「本当はな。野球の一流選手にでもなって、あのドームを沸かせてやろうかと思ったこともあったんだぜ。真島を悔しがらせるためにな」

孤独な少年は、一人でボールを投げては遊んでいたのだろうか。自分が招待されることもなかった球場でデビューするために。それを思うと悲しくなる。志宣は将英に抱き付き、胸に優しく抱き寄せた。

「同情なんてするなよ」

「同情じゃない。君に対して失礼だろ」

「わかってるじゃないか。大学を卒業した年に、真島は俺を迎えに来た。さぁ、将英、二人で日本にカジノを作ろうってな。怨むのなんか馬鹿らしくなった。作ってもらうさ。そして奪ってやる。どうせ奪うんなら、おいしい餌がいい」

将英は笑うと、志宣を再び立たせた。

「シャワーで洗ってこい。どうせ中に出されて気持ちが悪いだの、そんな後で舐めるなだのうるさく言うんだろ。綺麗好きなぼっちゃんには手を焼くぜ」

本当のことだったので、志宣は素直にシャワーブースに入った。

「そうだ、志宣」

シャワーブースのドアがいきなり開かれたので、水滴が外にまで飛び散る。濡れるのも構わず将英は素晴らしい発見をしたように言った。

「裸で飯が喰えないなら、バスローブだったらいいだろ。お前の相手をするのは、体力がいるんだ。ディナーをこのまま腐らせるわけにいかない」

「バスローブでディナー」

それは最低だと言いたかったけれど、志宣は妥協した。

一度抱かれて落ち着いた。たったあれだけの行為を得るために、何を悩んだり悲しんだりするのだろうと志宣は疑問に思ったが、それはもっとも人間らしい悩みなのだ。

バスローブ姿でリビングに行くと、部屋の電気はすべて消されていた。将英は窓際に立って、いつものように煙草を吸っていたが、志宣が近付くと黙って窓際に立たせた。

「綺麗な夜景だ…」

「志宣。俺からもプレゼントがあるんだ。見ててごらん」

「何？」

静かな夜。点滅する街の灯りの中から、突然火の玉がしゅるしゅると上がり、ぱっと大輪の花が開いたように見えた。

「花火…こんな時に花火なんて…」

「志宣の言うとおりだ。花火は毎年誰かが打ち上げる。一発で終わることの象徴じゃないんだ。俺も生き急ぐのはやめたよ。毎年…お前と花火を見るために、命を大切にしないとな」

「将英」

窓辺に立って、次々と打ち上げられる季節外れの花火を見ていた志宣は、将英に背後から抱きすくめられて、目眩に似た幸福を感じた。

志宣の手を取って、将英は唇を押し当てる。

「ディナーが済んだら…その足の牡丹にもキスしてやる」

甘い言葉に志宣の全身は緩む。今すぐにでもキスして欲しくなっていた。

朝の街が、眼下に広がっていた。

志宣は将英を抱いていた腕をそっと引き抜き、ベッドを降りて慌ただしい日常が始まる下界を見下ろす。

今日も変わらずに仕事だった。一度表彰されたくらいでは、仕事の内容は急には変わらない。窃盗犯の追跡。外国人労働者同士のトラブル。行き倒れのホームレスの身元調査と、次々仕事は舞い込んでくる。

相沢がやる気を起こしてくれたのが助かった。少しはそれで負担も軽くなったというものだ。

シャワーを浴びていた志宣は、ふといいことを思いついて笑った。

そうだ。あれをしたかった。ぜひ今のうちにしておこうと笑う。

タオルを湿らせた。それと剃刀を手に寝室に戻る。ぐっすり眠っている将英にいきなり熱いタオルを押し当てた。

「な、なんだ」

将英は驚く。いくらホテル備え付けの小さなレザーとはいえ、剃刀を手に志宣が自分の体に馬乗りになっていたのだ。

「志宣…まさかそんなもんで俺の喉を切り裂けるとか思ってないだろうな」

「思ってない。喉を切り裂く前に、一度丁寧に君の髭を剃ってあげたい」

「んっ?」

「剃り残しなんて最低だ。せっかくいい男なのに。髪ももう少しどうにかしろ」

「志宣…髭剃るために乗ってるのか。まだ足りなくて、襲ったのかと思ったぜ」

「じっとしてて。傷つけたくないんだ」

志宣は笑いながら、シェービングムースを将英の顎に塗りつけた。

「おかしなやつだと…」

「思ってたんだろ。そうだよ。おかしいのは認める。いいじゃないか。それでもいいってやつがいるんだから」

すーっと剃刀をひいた。丁寧に、将英の顔をなぞる。

「顎の下。ほうら、綺麗になった」

「そんなにいらつくんなら、毎日お前がやれよ」

じっと見つめて言う顔は、ひどくまじめになっている。

「無理だよ。母と猫がいる…」

「しがらみは…自分から断ち切らないと自由にはなれないぜ」

「そうだな」

二人ともそんなことはわかっていたが、もう幼い子供ではなかった。想いだけでは、何事もうまくいくと信じられるほど子供ではない。

なのにセックスの情熱だけが、二人を狂ったように引き寄せる。

「来週も、同じ時間にここにいる。それでいいか？」

将英はもっとも大人の結論を出した。

「この部屋、高いんだろう。もったいない」

「いずれはみんな俺のものさ。自宅にご招待したいがな。危険だろ」

それはどちらも同じだった。

「いい牡丹を咲かせるには、土壌から研究しないといけないようだ。少し俺も勉強するよ」

「そうだな。それと一つ…」

志宣はさらに丁寧に将英の顎を剃り上げ、最後にタオルで丁寧に拭った。

「真島さんは私の父と接近したがってる。どうするかは、君に任せる」

「いいのか…」

「いいよ。将英がみんなを踊らせればいい。急ぐことはないけど…」

志宣は綺麗になった将英の顎に唇を押し当てた。それはやがて上にいき、そのまま自然と唇が重なった。長いキスの後、志宣はまたベッドに引き入れようとする将英の手を振りきって、クロゼットに向かった。

「来週、もし来なかったらとは考えないのかな」

「来るさ…志宣は絶対に来る」

まだベッドの中でまどろみながら、将英は確信を込めて言う。

「どうせ着替えの下着と靴下は持参なんだろ」

ずばり言い当てられて、志宣は笑ってしまった。

「志宣は絶対に来週も来るさ。着替えを用意して…俺の髭を剃るために…。リクエストしておけよ。その時に聴きたい曲。一週間で弾けるようにしてやるから」

「では…『フライミー・トゥザムーン』」

私を月まで連れてって。そんな曲を思わず志宣はリクエストしてしまう。

行きたいのは月ではない。

またあの温室に行きたいのだ。

シーザーを撫でた後、魚と一緒に裸になってプールで泳いでみたかった。

「仕事なんだ。すまない、ここで」

ネクタイをきっちりと締め、皺一つなくシャツを着こなした志宣は、ベッドに横たわったままの将英を優しく見下ろした。

「んっ…俺はまだ寝てるから、さっさと行け」

「うん…」

「何だ。まだしたりないか」

「シーザーによろしく」

「…ああ、伝えとく」

将英は毛布を被って横を向いてしまった。けれど綺麗な背中だけは覗いている。

志宣はそこに牡丹に去られて寂しげな獅子の姿を見た。

寂しいなんて決して口にしない男は、ほんの少し背中で寂しさを語る。もう少しここにいたかったけれど、志宣は時計を目にして、もう残っている時間はほとんどないと覚悟を決めた。

部屋を出る。

エレベーターに乗り込む。

外が見渡せるエレベーターからは、部屋にいた時と同じように東京の町並みが見渡せる。それがどんどん大きさを変えていって、気がつくとエレベーターは地上に降りていた。

エレベーターを降りてから、志宣は思わず足を止める。

ふとこのまままたエレベーターに乗り込んで、将英のいる部屋に戻りたい誘惑に駆られた。

ライオンは寝ている。

寂しいなんて言葉は決して言わずに、黙って静かに横たわっているのだ。

それがライオンの威厳だと信じて。

志宣は小さく首を振って歩き出した。

来週がある。さらにその次の週があり、さらにその先にも時間はあるのだからと納得して。

END

■あとがき■

最後までおつき合いくださりありがとうございます。

さてさて、今回はライオンの話です。いや、ライオンが主役ってことではないのですが。あの鬣をもった独特の容姿が、とても魅力的なせいでしょうか。ライオンは様々な分野で、主役の座を得ています。

アニメや映画、小説、そして最近ではミュージカルの世界でまで、ライオンが吠えてますね。もしあの鬣がなかったら、ここまで注目されたかどうか。

自然は不思議なことをするもんです。

野生のライオンの牡っていうのは、雌を五、六頭連れて、サバンナでのんびり暮らしているんですよね。餌を取るのは雌がほとんど、子育ては全部雌の仕事。

では牡は何してるのかっていうと、外敵から群れを守るのがお仕事なんですが。さすがにライオンみたいに強い獣になると、そうそう敵はいないもんです。

いるとしたら、群れのボスになろうとする若い牡ライオンなんですな。

群れを持てない若い牡は、一人、じゃなかった、一匹で暮らしています。幼い頃は群れの中にいても、成人すると追い出されるんですよ。

こういう書き方はライオンに失礼かもしれませんが、サバンナを流離う若き牡ライオン。

なーんか、とっても詩的なイメージですよね。

彼の使命は、より強い牡になって、自分の群れを作ること。つまり自分の子供をたくさん残すことにつきるわけですが。

野生の牡ライオンには、三通りの生き方があるってことですね。若く、野心に燃えたやつ。現役、子育て真っ最中のボス。そして…負けて群れを追われた、老いたライオン…。

何となく、男性の生き方そのものに重なりませんか。

まぁボーイズラブの世界では、流離いの若き牡ライオン同士が、群れを作るのなんか忘れて、仲良くゴロゴロやっているんだけど。

ライオン、飼いたいなぁ。動物好きな私としては、飼えるものなら飼いたいんですが、まぁこればかりは一生無理でしょう。

広大な温室も、散歩させる浜辺の私有地なんてのもないし。

猫で…我慢しておきます、はい。

現在、猫は七匹。そのうちの一匹。ヒマラヤンの牡は、何だかライオンと狸のハーフみたいです。そいつで我慢することにしましょう。


もう一つの遊園地は、ありそうでない場所です。現実にあるあそこが似ていても、それはまた別ものということで、ご理解いただけたら嬉しいです。

遊園地、好きです。ジェットコースターも好きですけど、乗ろうよといって友人に逃げられることもしばしば。

どちらかというと、女性の方が果敢に挑戦しているように思えるけど、気のせいかな。

イラストの小笠原宇紀様。今回もまた、素晴らしいイラストをありがとうございました。細かいディテールにまで、お心遣いいただきまして、感謝、感謝です。

担当の大城様。また楽しいお仕事させていただき、感謝しております。

そして読者様。いつもご支援いただきありがとうございます。

動物園に行かれることがあったら、ぜひライオンを見てください。彼らは意外に人懐っこくて、寂しがりやなんだそうです。

触ろうとして手を出すのはやはり、危ないですけれどね。

剛　しいら拝

この本を読んでのご意見、ご感想をお寄せ下さい。
作者やイラストレーターへのお手紙もお待ちしております。

あて先

〒171-0021　東京都豊島区西池袋3-25-11 第八志野ビル5階
（株）心交社　ショコラノベルス編集部

ライオンを抱いて

2002年9月20日 第1刷

著　者：剛しいら

発行人：林 宗宏

発行所：株式会社　心交社
〒171-0021 東京都豊島区西池袋3-25-11
第八志野ビル5階
（編集）03-3980-6337（営業）03-3959-6169
http://www.shinko-sha.co.jp/

印刷所：図書印刷 株式会社